# 江青

念

念

2021 年春，江青（亞男攝）

我七十五了，還是百歲媽媽眼中長不大的女兒。
將人間的幸福，給百歲壽星——江巫惠淑！

青兒獻書

# 目錄

## 後記

# 序——念念，因為不忘

王德威

江青是當代藝文界的傳奇人物。她出身專業舞蹈科班，一九六〇年代走紅港台電影界，旋即於七〇年代自影壇消失。當她再度復出時，已經回歸本行，成為現代舞蹈名家。九〇年代後，江青提筆為文，開啟了寫作事業。她藉散文回顧人生百態，敘述師友舊事，懷念畢生摯愛之人，筆下行雲流水，自有一股真情流露其中。或許如她所言，寫作於她有如另一種舞蹈——一種舞文。翩然而起，戛然而止，正是一種有情的律動。

新作《念念》恰是一個例子。這是江青的第八部作品，依然著墨她熟悉的人和事，行文如話家常。但讀者很快會發覺，那些人都非等閒人物，那些事恰恰銘刻著一個時代印記。諾貝爾文學獎得主高行健，史學大師余英時伉儷，鋼琴家傅聰，琉璃工藝家張毅、楊惠珊，畫家夏陽、韓湘寧，行為藝術家艾未未，文化老饕蔡瀾……。他們或在紐約、倫敦、巴黎，或在台北、香港、上海。而江青則定居瑞典和紐約，經常來往歐美與亞洲。由於她的串聯，這些天各一方的藝術家、知識分子和文化人形成一個精彩的網絡。他們的成就與失落、歌哭與歡笑，無不是一代菁英華人世界想像共同體的抽樣。

《念念》書名靈感來自艾未未為紀念汶川大地震十三週年所創作的裝置藝術「念念」（Commemoration）。二〇〇八年五月十二日下午兩點二十八分，四川汶川地區發生八級以上大地震。罹難者近七萬人，失蹤者近一萬八千人，傷者不計其數。死難者中有近五千七百九十七位學生，絕大部分因為所在學校建築倒塌而過早結束生命。何以學校建築如此脆弱？這是不能聞問的問題了。艾未未利用網路平台設置，組織全球華人志願者在不同時區接力念出逝者的名字。由二〇二一年四月四日清明節（正巧為西方復活節）開始，五月十二日地震周年日午夜結束，全程三十九天。「念念」計劃內容上寫著：「名字是生命的最初也是最後屬於個體的基本特徵。尊重生命，拒絕遺忘！」

江青參與「念念」計畫，也在誦讀逝者名字的過程裡深受感動。念念：想念、感念、懷念、紀念、誦念。志願誦讀者的聲音來自世界各方，此起彼落，呼喚十三年前被壓在坍塌校舍下的每個年輕生命。這不只是一項公眾藝術，也是一場後現代加前現代的招魂儀式——聲帶顫動，音頻傳導，魂兮歸來。艾未未為當代最重要的行為藝術家之一，他的創作每每引人側目，卻貫注著本人無限心血與創傷記憶。

江青從「念念」計畫中彷彿明白了更多。天地不仁，那場摧枯拉朽的地震撼動一切看似堅實的地上基業，但比起天災，人禍又如之何？汶川成為一個代號，直指種種歷史的自然的板塊碰撞下，不得不爆裂的零地點。「救救孩子！」一百年前魯迅的狂人如是呼喊，但孩子——可能是好幾代的孩子——早已錯過黃金救援時刻了。

《念念》收錄的其他文章也許沒有如艾未未的藝術那般沉重，江青延伸「念念」的構想，展開她一個人的救贖記憶、還原生命的計畫。我們大約可以從三方面來看她的寫作。她書寫，因為她想念、掛念好友知交，生命中無數吉光片羽。鋼琴家傅聰名滿國際，但多少人理解他生命底層所蘊藏的陰霾？大概從父母親（傅雷、朱梅馥）在文革中自殺後他再也不能快樂了，只有從鋼琴的世界裡得到寧靜。張毅、楊惠珊的不倫戀當年轟動台灣，爾後三十年他們化醜聞為晶瑩剔透的琉璃。但再美的工藝抵擋不住病魔來襲，「永遠沒有來不及的愛」來了又走了。紐約的周龍章多才多藝、八面玲瓏，是華人圈的傳奇人物。然而在他古靈精怪的身影後，是他對愛情的可望而不可得。韓湘寧和夏陽都曾引領六〇年代台灣畫壇風騷，最後齊聚紐約闖天下。而江青看見了他們在畫作之後，為人父、為人夫如何勉力扮演應盡的角色，有所成，也有所失。

江青和這些人物都有數十年的交情，非如此不足以理解他們的故事。愛情的牽絆，親情的糾纏，人生道路千百條，終究殊途同歸。作為傾聽者，觀察者，江青付出無比耐心與關心，即使介入當事人的處境，也永遠與人為善。那是真正的友情。她的字裡行間刻畫出上世紀七八十年代，紐約或香港或倫敦華人藝術圈即景。彼時江青和他的朋友都還年輕，他們相濡以沫，各有各的憧憬或難關；他們未必從中得到大徹大悟的教訓，但無不因此添加了風霜與智慧。

更重要的，江青從他們的經驗裡看到另一種「念念」境界。那就是，無論現實的考驗如何，真正的藝術家、學者或文化人對自己的志業永遠念茲在茲。高行健獲得諾貝爾獎前後，並沒有產生什麼大變化，寫作和繪畫依然是他的最愛。夏陽的「毛毛人」從歐洲到美國再到台北、上海，一畫數十年，外界的褒貶永遠淡然處之。他求的不是大紅大紫，而是心目中永遠尚待完成的畫。李名覺曾是百老匯最重要的舞台設計家之一，林懷民《九歌》首演舞台即出自他的巧思。晚年即使行動不便，每週他仍然堅持到耶魯講學，原因無他，舞台上的形形色色就是他的本命。傅聰日日花費大部分時間練琴，數十年如一日；艾未未走遍天下，追求與父輩、家國、環境的和解之道；楊惠珊和張毅為了打造完美的琉璃，因而淬鍊出無數失敗作品匯集而成的琉璃家。

而江青更為崇敬的是史學泰斗余英時先生的堅持。余先生名滿天下，待人接物令人如沐春風。但面臨大是大非的抉擇時，他顯現了無比的堅持。他批判中共對文化傳統的摧殘，多年不遺餘力，六四天安門事件後不履故土，轉而支持海外民主事業。他憑藉一己學問，原可獨善其身，「卻一輩子任重道遠，若愚大智。」他的信念如此純粹，江青從中看到了一種美，「古道熱腸」的美，擇善固執的美。

《念念》還有第三層意義。江青關心友人，熱愛藝術，不僅因為個性使然，更來自她對人生的包容。她很早就經歷過繁華喧囂，如意與不如意，終於回歸來時之路，在舞蹈創作中尋得安頓。因為看過見過，她能夠反躬自省，也願意以寬大的心胸擁抱周遭人與事，不論是高雅或喧鬧，歡樂與悲傷。套句張愛玲的名言，「因為懂得，所以慈悲。」

《念念》中諸文寫得舉重若輕，充滿人間煙火氣息。江青擅烹飪，不時做了這個菜那個菜要與朋友家人盡歡，但最令人印象深刻的是一次她為高行健、一次為自己所作的白粥。高行健獲諾貝爾獎當夜，江青應老友之請在家款待各路嘉賓，而大家趨之若鶩的卻是一鍋白粥。另一次夏日家族聚會後，江青夜晚獨處，無可不可之際，作出一鍋清粥結束一天歡樂。「二〇二〇年鼠年，一定要對自己好點，拿出能力把每天的日子過好，把握住生活中的小細節，自得其樂才會變得有幸福感。小菜真下飯，雖然肚子不餓，但還想要再喝一碗白粥。」這是江青的本色了。

《念念》最終念的是如何面對自己，回歸本心之道。一路走來，江青曾經風光無限，但想必付出相應的辛苦。她曾有過最幸福的婚姻，喪偶之後如何走出憂傷恐怕不足為外人道。然而她繼續行走，繼續書寫。

自審一生，一路千山萬水，生命不斷遠行，不斷轉身，面對內心世界、面對現實、面對過往、面對當下、面對未知的未來，一切的一切在寫作中隨心奔馳、盡情抒發，是一種無與倫比的享受與滿足。

江青坦然的和朋友一起老去，也歡喜自己的孩子有了孩子。她曾經看過北歐仲夏節日的歡樂，同樣也見證冬日聖堂儀式的靜穆與莊嚴。漫漫長夜來前，她懷念，她書寫，於是發現新的靈光。

# 啊——真過癮！

我一向關注時事新聞，電視台看CNN、BBC，報紙讀紐約時報、北美世界日報，每日必看讀一會兒，可是目前讀報紙之外，電視新聞我幾乎完全不看。我知道眼下這個世界上沒有任何其他新聞比疫情更重要、重大，數據觸目驚心，打開電視機幾乎千篇一律圍繞著一件事——新冠肺炎病毒疫情作報導。不是我不關心疫情，但是為了戴與不戴口罩就爭論得沒完沒了喋喋不休，為了經濟可以不相信科學，在生命和經濟的衡量中黑白顛倒、是非不分，為了保障經濟利益不惜撒謊、瞞騙，而犧牲個體的健康、尊嚴、甚至生命。許多政府實施很多政策，不是為了老百姓的福祉和生命，而是為了當權者的政治目的和經濟利益。不再看不再聽滿天飛的新聞，就是不想再揮霍寶貴的時間，省下時間做自己喜歡的事，好好生活，享受人生。

我很喜歡《舌尖上的中國》（A Bite of China）這部展示普通中國老百姓的有關中國食文化的紀錄片，它介紹中國各地的美食生態之外，同時也介紹了各地千變萬化的獨特飲食和風俗習慣，透過誘人的美食吸引人們來了解中國文化，深度展示了人與食的關係。幾年前《舌尖》一伸出，我跟媽媽就立刻注意到了，有時還跟媽媽一起在她公寓中觀賞，非常意外的發現原來老朋友蔡瀾擔任了這部片子的總顧問。現在疫情一來，一天工作結束後，夜深人靜時，又會經常回過頭來重溫《舌尖》，雖然無法跟媽媽分享，依然被吸引，一個人看得津津有味與酒為伴。

謝謝疫情期間冬月敬笙發出的有關蔡瀾的各種微博和視頻，讓我們看到了立體的不同層面的「才子」。我知道蔡瀾謙虛，不喜歡大家這樣稱呼他，但確實蔡瀾出名是因為他有一張好吃、會說的嘴和一桿犀利的筆，而筆又包括了寫文章和書法兩方面。他的文章和出版的書，前前後後我看了不少，概而言之簡潔幽默、輕鬆易懂、人生感悟、聲色犬馬、七情六慾、包羅萬象。他自稱：「不是『書法家』，但絕對是書法愛好者」。蔡瀾書法的筆觸風格就像有個性、揮灑自如的本人——豁達瀟灑、自由自在、我行我素、盡情盡性的生活態度和做人方式。他書法的內容獨到之處是用傳統的書法來表達當下生

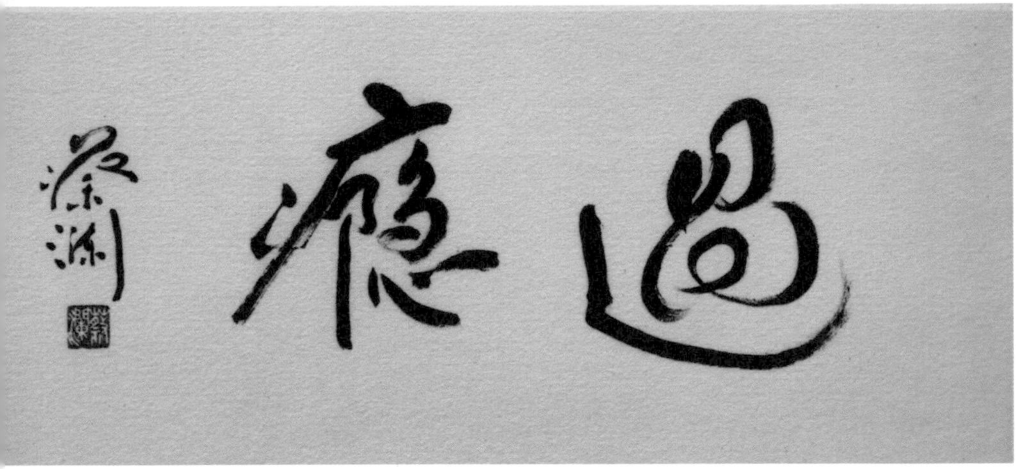


（亞男攝）

活百味，平易近人、幽默有趣；用生活化的常用妙語來貼近觀賞者，再也不會讓人們感到書法是那樣地高不可攀。蔡瀾相信：「書法和美食一樣，傳遞快樂，也會創造快樂，那無關理想包袱，那就是生活的治癒和當下的圓滿」。

二〇一七年秋季，蔡瀾在北京榮寶齋舉辦《蔡瀾榮寶齋行草展》，後來又在香港的榮寶齋舉辦，展覽後，他寄了北京和香港的兩本展覽畫冊給我，草書內容，他選擇了一些大家熟悉的字句，「活在當下」、「看破放下自在」、「狠狠地過每一天」、「快活人」、「了不起」、「真」、「過癮」，今天又翻找出來看真過癮！很多字句提醒了我們尤其在疫情中，在人生遇到逆流時該持有的豁達態度——「狠狠地過每一天」！

說到過癮，必須提到最近居家過日子，食材單

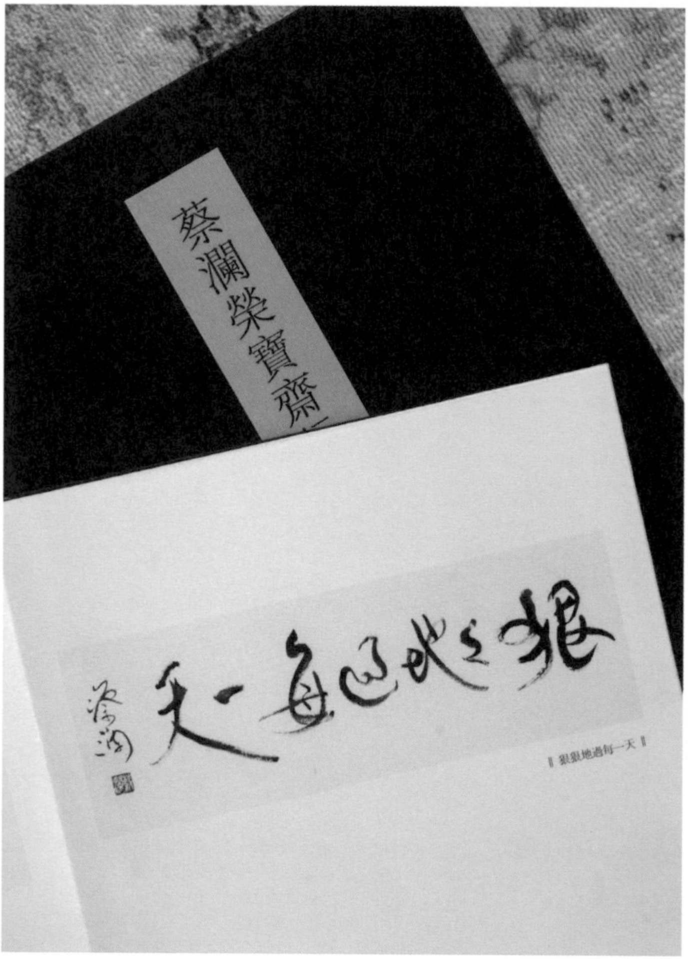


（亞男攝）

調而饞蟲又在肚裡爬，重看《蔡瀾逛菜欄》視頻名字起的妙，各地菜市場食材，琳瑯滿目嘆為觀止，雖然不可能買到品嚐，但在疫情期間看得讓人輕鬆愉快，過癮！《蔡瀾歎名菜》中的「街邊小食」、「大牌檔」、「私房菜」、「食經」，失傳菜式比比皆是，吃不到，看看也解饞，吃不到可是可以過乾癮！

結果有一天，在微信朋友圈中看到蔡瀾介紹：「在疫情之下，見許多公司或餐廳一間間停止營業。我反其道而生，開了一家工廠，在香港專做醬料……」其中他介紹鹹魚醬是用野生馬友魚做的，我一看，馬上在評論一欄上留字：「好饞！」沒有多久蔡瀾寫微信給我：「把妳的地址給我，我給妳寄過去。」以前他也表示過要給我寄食品到瑞典，但我沒有給他地址，實在為「口福」太麻煩朋友了，但這次我實在太饞了寫：「那這次我就不客氣了，鹹魚是我的最愛，可是食品能進口嗎？如果太費周章就算了。我的地址……先謝謝！」

之後不久，收到郵局通知，回家後我迫不及待的打開香港來的郵包，裡面赫然兩瓶「蔡瀾鹹魚醬」，我高興的叫了起來：「啊——真過癮！」

憶想起二〇一八年冬天在香港，兒子漢寧（Henning Blomback）一家三口跟我在香港會合，一起歡度聖誕節，蔡瀾知道了，熱情的請我們到中環威靈頓街，在他新開張不久的蔡瀾河粉（Chua Lam's Pho）進午餐，還派專車接送，好周到，好大的面子。

我們在餐廳的包廂裡等用餐，因為孫女禮雅的媽媽莎米拉（Samira Mobarke）不諳中文，蔡瀾跟我們用英文描述他開這家餐廳前前後後用心良苦的經過以及湯的用料，湯底製法就在找了又找、嚐了又嚐後，才決定沿用澳洲墨爾本老字號名店勇記的祕方，還特別聲明湯頭要用五十公斤牛骨、牛肉及香料熬成，牛味濃香但一點都不油膩，香料有：九層塔、鵝芥、短芽菜、青檸，香草捏碎放入湯中。湯底非常清澈，香氣突出而有多層次感。

我們三人聽得津津有味。知道大家喜歡吃，蔡瀾把店中的每道菜都點了要我們嚐，到了上招牌菜越南牛肉湯河粉時，他吩咐夥計：「我的那碗只要清湯，其他不要放。」對我們說：「這樣才能喝到湯的原汁原味，也是檢查質量的好方法。」至今還記得才七個月大的禮雅喝到清湯的表情：抿著嘴、閉上眼，搖頭晃腦的滑稽模樣，真是可愛極了！我說：「看她的樣子，長大後，和我一樣一定又是饞蟲一個！」

蔡瀾的好朋友金庸先生曾論道：「蔡瀾是一個真正瀟灑的人。率真瀟灑而能以輕鬆活潑的心態對待人生，尤其是對人生中的失落或不愉快遭遇處之泰然，若無其事，不但外表如此，而且是真正的不縈於懷，一笑置之。『置之』不大容易，要加上『一笑』，那是更加不容易了……」

我跟蔡瀾六十年代就認識了，他一九六三年在香港定居，開始在邵氏電影公司任製片，我也是一九六三年步入電影界，雖然最後不是邵氏簽約演員，但與蔡瀾有許多共同朋友如鄭佩佩、梁樂華（藝名岳華）、張沖等都是邵氏簽約演員，還有導演李翰祥、胡金銓等。蔡瀾因為任製片，頻繁的穿梭於港台之間，有機會認識，但來往並不多，印象中高高瘦瘦斯斯文文的模樣，中、英、日、台語都很流利。

直到一九八二年，我在「香港舞蹈團」任第一任藝術總監，當年邀請蔡瀾參加第二

蔡瀾先生

年舉辦的一九八三年「亞洲藝術節」，藝術節中「香港舞蹈團」會首演我編導的《成語舞集》，共有十幾段圍繞著成語內容的舞蹈組成一台晚會節目。我對舞美上的設想，是用不同風格的書法設計，表現出不同成語的意境。我以為無論是「意在言外」或「意在言中」的成語，都是人們思維和認識的結晶。成語由來已久，它高度概括了人們在生活中的各種實踐經驗，反映了人們對於紛繁事務的精確理解，今天這些語彙仍然活在我們常用的語言和文字上，足見它的生命與傳統舞蹈語彙一樣，是世代流傳積累下來的。隨著時代社會的推移，一些語彙延伸出新的質素，注入了新的內容和生命，可見傳統與現代一脈相承的關係。排練之前，香港舞團統一思路，達成一個共識：《成語舞集》不是在說一段段的故事，而是把成語裡面的內涵深挖出來。

反覆考慮後認定：擔當此任非蔡瀾莫屬。跟蔡瀾認真談了我的構思後，他欣然一口答應，於是我們有了合作的機會，我才真正有機會認識他。大家可能還誤以為蔡瀾生活就是吃喝玩樂、酒色財氣、活得滋潤灑脫，其實不然，跟他合作後才知道，無論工作或享樂，他都是一絲不苟全力以赴，並且不斷在力求創新。

記得「一鼓作氣」這個成語他將「一」字，字體由小到大，筆劃由細到粗，筆觸由拘謹到豪放，反覆連續循序漸進運用，直到最後一、一、一、一……節奏越來越快的巨型一字打到天幕上，此時鼓聲音樂起，十二位男舞者跨著大步魚貫而入，同時一鼓作氣四個大字才完全顯現出來。舉另外一例，在〈疲於奔命〉舞章中引入了海南民間舞「打竹竿」的基本舞蹈語彙，配以美國作曲家John Adams的現代極簡約主義電子音樂，用一成不變的旋律不斷重複再重複，使得舞者必須一刻不停地跳動，不然腳就會被竹竿夾住，我就是用這種現代性的視覺意象表達成語——「疲於奔命」。十幾段舞蹈蔡瀾從書法中尋找出各種不同的表現方法，選用狂草、行草之餘也選用了畢恭畢敬的楷書，用不同書法大家以及不同流派的字體，與每段舞章搭配得天衣無縫，給《成語舞集》不但增加了

《食中作樂》書封，蔡瀾題字（亞男攝）

中國傳統元素和藝術趣味，觀眾在欣賞舞蹈的同時也欣賞到了美不勝收的中國書法。

跟蔡瀾合作的這段故事鮮有人知，這不是他本行，拿他的話說：「幫朋友忙，『客串』一下好玩而已！」輕描淡寫多瀟灑。

我沒有打聽朋友私生活習慣，跟他一起工作看他永遠獨來獨往，不知道他有沒有女朋友，還是已經有家室了？

八十年代中期，張文藝（筆名張北海）給我打電話，說要在家請蔡瀾夫婦晚餐，約我和比雷爾同聚，我們欣然前往。不太記得清楚了，好像那天吃的是緬因州龍蝦，在紐約龍蝦物美價廉，隻隻生猛，蔡瀾還用活龍蝦做了日本生蝦片當開胃前菜。

文藝愛喝單一麥芽威士忌、蔡瀾和比雷爾也喜歡，所以三個男人坐在一角喝著威士忌用英文談天說地；我跟蔡太太、張太太（周鴻玲）另外坐在一角喝著葡萄酒用中文說地談天。整個晚上很盡興、愉快，吃完飯已經夜深了，我們才告辭回家，我們也住在SOHO區，走路五分鐘就到家了。

第二天鴻玲打電話來問：「妳走後蔡瀾夫婦覺得很納悶，妳和她這麼熟的朋友，怎麼會裝著不認識？整晚左一個蔡太太，右一個蔡太太。」我說：「是第一次見啊，我都不知道蔡瀾已經結婚有太太。」「她的名字叫張瓊文，妳現在想起來了罷？」「名字聽起來好像很熟，但——」我還在猶疑，鴻玲提醒我：「當年台灣赫赫有名的女製片，現在想起來了？」等了一會兒：「啊——！」我張口結舌恍然大悟，一時間竟說不出話來。

一九六六年與前任結婚，婚後毫無電影經驗的丈夫提出想要當導演，理由純粹只是為了男人的名字必須在女人之上，電影界行規，導演掛名絕對在主角之上，為了他的自尊心我竟然依從他成立了「昌青電影有限公司」，連電影公司的名字他都要丈夫「昌」必須在妻子「青」前面。那年我不到二十二歲，不但主演還打鴨子上架當上了製片，我正當紅，一口氣簽了多部電影主演合約，合約如同「賣身契」，因為我無法再挑選劇本，只一門心思賺錢給「昌青」公司拍電影。不料第一、二部電影根本接不上，賣身契得到的酬勞，遠遠不夠製片的龐大開支，於是拆東牆補西牆，抵押了娘家的房子還要四處借貸，簽了更多的「賣身契」——電影主演合約。

張瓊文當年在台灣台語電影圈內任製片，是個呼風喚雨響噹噹的人物，連李翰祥導演的「香港國聯電影公司」在經濟周轉失靈時，也常常找她調兵遣將應付燃眉之急。情急之下我找張瓊文幫忙，善良的她看我拖著個幼子，又毫無製片經驗也替我著急，看我一籌莫展，眼淚都急得快要掉出來了，所以總是設法盡可能地幫我解決問題。事後她同情的勸我：「小青，妳不要太傻了……」

當年拔刀相助的感恩之遇我怎麼可能忘記?!但我怎麼想怎麼都覺得不可思議，怎麼張瓊文是蔡瀾太太?!昨天晚上我看到蔡瀾身旁的是個小鳥依人柔情似水的女人——蔡太太，她盡失當年呼風喚雨的女強人氣勢、雄風，好像脫胎換骨成了另外一個楚楚可憐弱不禁風的女子。越想越覺得自己昨晚太失禮，今天趕快當面道歉，同時也謝謝她當年對我的照顧。瓊文微笑著說：「昨晚我告訴蔡瀾，江青真是個好演員，戲演得太好了，整個晚上都裝著不認識我……」「真是天曉得，就是現在我面對著妳，還是不能相信自己的眼睛。現在才知道脫胎換骨是什麼意思啦！」

現在想來想去，確實人生太奇妙了，完全無法用邏輯思維和想像來解釋。

（二〇一九年五月於瑞典）

# 永遠沒有來不及的愛——張毅

二〇二〇年十一月二十日在佛光山台北道場舉行「張毅追思紀念會」，通告上用一行手書的字「永遠沒有來不及的愛」作標題，寫著這行字的卡片是今夏張毅在為楊惠姍慶賀生日時，隨同花一起獻上的「心」！看後我悲從中來，情不由己的馬上惦念起惠姍，擔心她如何面對與張毅的永訣？知道她不接電話，只能在點燃的白燭前，默默悼念張毅：給他送行、祈福，無限痛惜這位有情、有義、有抱負、有尊嚴、有使命感的理想主義者，才六十九歲就離開了他愛的親人和世界！同時也在燭前祈盼惠姍節哀，勇敢地邁過生離死別這一坎！

張毅與惠姍兩人晨昏相伴三十多年，即是事業夥伴也是生活搭檔更是靈魂伴侶。提

導演，攝影機後方，稻田

筆時有很特殊的感覺，我無法書寫他們其中一個人的故事，寫二個人等於是在寫一個人，無法將他們分開，他們之間我中有你、你中有我。就像他們在人生中始終崇尚的「仁」字的組合，人在一邊、而另外一邊是一上一下成了二，那豈不是人與人相處的哲學。這種帶有宗教意味的「仁」字，貫穿在他們日常生活中也貫穿在他們的作品中，成就彼此、彼此成就。他們用心血熬成了最美的琉璃藝術，用時間向世人證明了最美的不渝愛情！

回想起來，與他們這對形影相隨的伉儷相識是「緣」。一九九三年，應邀到台灣參加金馬獎三十周年慶典活動，對於我最重要的是藉此機會，與當年的影界老友、同事敘舊，所以忙得不亦樂乎，嗓子都開始沙啞了。慶典活動結束前，在送別酒會上，有人輕敲我肩，轉身回視，一對氣度非凡、非塵俗的俊女帥男笑咪咪的站在我身後，帥男先開口：「江青，你有沒有發現這兩天老有兩個人跟著妳轉，在找跟妳單獨談話的機會？」我完全沒有意識到有人在盯「梢」，正不知道該如何答覆，俊女輕柔的自我介紹：「妳可能不認識我們，我是楊惠姍、他是張毅，我們倆早就商量好，這次一定要抓住影展機會親口告訴妳……」「告訴我什麼？」看俊女欲言又止略帶羞澀的表情，我反問。帥男接口：「我們一定要當面跟妳說讓妳知道，是妳在巔峰時刻毅然離開了影劇界的先例，給我們作了榜樣，給了我們勇氣，妳是開路先鋒，讓我們相信離開影劇圈換條路走，同樣還是可以開闢和進入另一個更廣闊的天地。」俊女馬上接過話：「況且妳是單槍匹馬一個人，而我們是兩個人，可以互相扶持一起走……」聽了這番肺腑之言，一時之間我感動得無以復加，為的是當年自己婚變時離鄉背井的決定，使我在異國相當長的一段時間裡嚐盡了人間的艱辛和痛楚。如果不是在眾目睽睽的公眾場合，我一定會淚流滿面，但那天強忍著淚水，當下約定金馬獎慶典之後去參觀他們的「琉璃工房」。

帶著無比的好奇心前去在台北淡水的「琉璃工房」拜訪，在電影界的時候我們不同期，並不相識，等於是第一次彼此近距離接觸。那年，他們倆耗盡心血經營的工房已經

賢孝廠琉璃工房

二〇一六年惠園

成立了六年，排除創業時的萬難後，開始做得有聲有色。顯而易見的是張毅是工房的總設計師，而楊惠姍是將藍圖變成現實的實踐者。他們帶著我參觀時，看著一件件楊惠姍燒製的琉璃藝術品，配著張毅準確又洗練、抒情又結合理性的為作品詮釋的文字，可以感受到這種琴瑟和鳴的愛深植於兩人追求琉璃藝術的夢中，看著他們四目凝視時那種深情和滿足感，對這雙神仙眷侶追求人生理想的認真態度，不畏艱辛的大刀闊斧，謙和而又以追求美作為崇尚的高境界，使我心中充滿了無語言喻的感動與欽羨。

參觀完畢喝茶休息時，惠姍單刀直入的問我：「妳是如何下決心『轉行』的？」我不假思索的回答：「當時我只想『逃』到一個再也沒有人認識我的環境，一切從頭開始。離開台灣時，我失去了一切，我想世界上唯獨舞蹈，歸根究底講來唯一需要的工具就是身體，七〇年我二十四歲工具還在，除了去運用那本是自己一技之長的舞蹈——身體，也別無選擇的餘地。」

答完所問，我反問：「電影和琉璃南轅北轍，你們與琉璃的緣份是怎麼開始的？」張毅答：「說來這是一段非常奇妙的因緣，一九八六年我導演《我的愛》，惠姍主演，電影中遇到了琉璃，當時我們的境遇使我們馬上想到了唐代詩人白居易寫：『大都好物不堅牢，彩雲易散琉璃脆。』我們完成了這最後一部電影，毅然決然地告別影劇圈，好像命中注定我們的命運從此跟琉璃連在了一起，可以說當時也是別無選擇的餘地吧。」

他們介紹這些年為了創業，不知天高地厚，瞎子摸象，摸到哪裡算哪裡，結果負債累累，最困難時期押地賣房外，還累積了超過台幣上億的債務，過了相當長一段有了今天就完全不知道明天的日子。兩個創業者一起，同是對財政一竅不通的瞎子和對琉璃技術全然不懂的瘸腳，憑著相愛、相信、相惜、相守，兩人相持著讓「琉璃工房」不但成為有藝術創作的空間，也打造成了響噹噹的文化品牌產業。他們談起琉璃創作歷程，四隻眼睛一閃一閃的如琉璃般晶亮，兩人又瞎又瘸地在黑暗中一路爬滾、摸索，曾經在最低谷時還雪上加霜的遇到了連窯都被燒毀的打擊。結果，皇天不負有心人，三年半後打破僵局的是通過國際文獻資料交流，首次由日本方面知道脫蠟鑄造技法（Pate-de-verre），這個本以為只有法國人才能掌握的技法，發現中國遠在二千多年前的西漢就有了，在中國河北省西漢中山靖王劉勝墓裡，放在金縷玉衣旁的兩隻小耳杯，居然是高纖維的玻璃研磨成粉鑄造，在歷史長河中被中斷被遺忘的中國古代琉璃藝術和現今國際的琉璃藝術品製作方法異曲同工。此一發現，「琉璃工房」不但將中斷數千年的中國「琉璃」文化傳承下來，更重要的是將它提升，發揚光大到以往全世界不曾達到過的水平。他們沿著由古以來對這種材質的稱呼正式定名「琉璃」，琉璃兩個字所蘊含的是他們對民族文化的使命感——要在斷掉的琉璃藝術臍帶之上，將屬於中國人的情感和故事用琉璃藝術語言表現出來，讓這個歷史跟這個時空連結。他們一再強調：「有文化才有尊嚴！中國琉璃不僅僅是一種工藝，更是一種哲學和宗教。在中國佛教中，琉璃的地位非常特殊。在《葯師琉璃光如來本願經》內有此段：『願我來世，得菩提時，身如琉璃，內外明徹，淨無瑕穢。』」

臨別時，他們特意讓我參觀了屋外堆積如山的琉璃塚，都是一次加一次又一次挫敗累積下來的顯赫「戰績」。惠姍搓揑著張毅的手，柔情的說：「這個人是棵可以依靠的大樹，為我遮風擋雨，他最懂我，如果今天我有些成就，那也就是他光芒的反射！」張毅緊緊摟住太太的肩膀：「我的資源是這個人，她是不見黃河、不見棺材心不死的人，

琉璃工房張毅執行長與楊惠姍藝術總監和兩米琉璃千手千眼觀音

我給她設計跑道，她一定會在裡面跑，即使前面完全是不確定性，也一定會跑完它！」我感慨地說：「佩服、佩服！你們執手同行，追求愛情和藝術的態度都一樣的赤誠而堅毅不拔，真是難得的人間絕配！」

之後，我一直關注他們的創作和動向，但苦於千里迢迢很難有再聚首交流的機會。九十年代末期，有機會去上海，拜訪參觀了他們在上海七寶鎮的「琉璃工房」，意外的還在工房裡遇到了電影界舊識，知道是張毅「義」氣用事助人為

田子坊博物館建造

樂的結果。

在台灣的「琉璃工房」因為業務的發展需要擴建，但苦於當時在台灣擴建廠房困難重重，正陷入膠著狀況時，適逢大陸改革開放並展開雙臂歡迎他們到大陸開拓新市場。此前，他們已經在北京故宮舉辦過非常成功的展覽，於是毅然決定一九九六年前進大陸，到上海設工房，當時很多人表示「不樂觀」，但他們想：琉璃耳杯是在中國河北滿城縣出土，為什麼不能回去找尋歷史的根源？既然要做文化，不能光抱怨，就勇往直前去做吧！

然而「人」的經營當時是另一個新挑戰。大陸經過文革挫傷，人與人間的疏離和互不信任，是很難逾越的無形藩籬。以人文關懷為定位的琉璃工房，面臨著既大又難的課題，張毅和惠姍他們從不以老闆自居，用對待家人、朋友的方式善待工房同仁，

歌劇《茶》劇照

2008 年《茶》主創人記者招待會，左起楊惠珊、譚盾、江青、Patrizia、張毅

從見面打招呼「你好！」漸漸做起，希望能夠與工房同仁發展一種超乎現實利益卻又融洽團結的共同誠意。同事之間他們互相稱「伙伴」，而不是同事，張毅和惠姍與伙伴打成一片，成了大伙的「家長」，有時還用「爸爸」、「媽媽」來稱呼，我想是家長的真情實意感動了大伙，工房的高品味、高質量產品，也使參與者感到驕傲又自信。那天我被邀請留下來跟大伙一起吃工作餐，氣氛和諧有如一個溫暖的大家庭。

二〇〇八年，榮幸的與他們有合作的機會，於是再次相見歡！

起因是「中國文化演出公司」主辦中國奧林匹克運動會文化項目，決定二〇〇八年七月底，在北京新建成的國家大劇院歌劇廳公演譚盾作曲歌劇《茶》。二〇〇七年，這個歌劇版本在瑞典皇家音樂廳首演，我擔任導演、編舞和舞美設計。此次在北京的演出由譚盾本人指揮，也是他的歌劇第一次在中國上演，合作對象是中央歌劇院，我們都有信心，希望在原版本基礎上延伸中國元素，藝術上更上一層樓。

怎麼樣能夠在大劇院版本中將茶宴做得更富麗堂皇，體現大唐皇家氣派，而且更有藝術趣味？唐朝已經盛行琉璃，琉璃的特質忽光忽影，似靜似動，可以吸納華彩又純淨透明，用琉璃製作茶具、香爐等道具，可以藉著多層次的琉璃色彩、光影的璀璨變化，在舞台上重現大唐宮廷歌舞茶宴氣象萬千的景象。

想到琉璃自然而然就想到了「琉璃工房」，我們已經有段時間沒有聯繫了，我在越洋電話中講了一下邀請他們在中國版本加入合作《茶》的設想後，他們很驚喜，然後就約好了在上海討論工作的日程。我如約前往，作為地主，他們先帶我參觀了開設在新天地馬當路極具創意的「上海琉璃工房琉璃藝術博物館」，然後請我到他們的「TMSK餐廳」用餐，安排在那裡，我可以感受一下惠姍所設計的杯盤碗筷和所有的傢俱陳設，真是文化氣息十足的高品味餐廳，置身其間美不勝收。記得點菜時張毅完全拿出電影大導演的本色，一馬當先發號施令，我和惠姍只好再當一次演員聽任大導演擺佈。我們一邊享受美食美酒，一邊忘情地談工作，又談起大家共同的朋友們，歡愉的時間在不知不覺中飛逝。我剛把茶宴設想描述完，惠姍馬上會意：「色即是空」，表示願意親力親為設計茶具。張毅感到琉璃工房的成立由情誼開始，這次合作也以情誼為基礎；談話中他一再表示：

「對自己而言，琉璃工房不是只是一個安身立命的東西和一個品牌產業，而是背負著一個沉重的文化包袱在身上的我們這一代！」這次合作，除了大家彼此惺惺相惜的成分，《茶》劇中所蘊涵的文化意趣和禪宗精神與他們在琉璃裡悟到的一種精神，體味到的一種心境，看到的一種人生態度相近。

幾個月後，第一次看到惠姍的設計圖就被震攝住了，沒想到她會花如此多的心思和時間。在精心設計了香爐、茶缸、茶碗之外，還獨具匠心地為每個主要角色設計了凸顯身分和個性的茶具，方案幾次易稿，在演出前十天才全部完成，看似流光溢彩的「琉璃」，實際上是別出心裁地用了不易碎、較輕的特殊材料製成。首演那天，在中國大劇院歌劇廳走廊和大廳上，

新天地「上海琉璃工房琉璃藝術博物館」

舉辦「琉璃工房藝術品展覽」，作品的說明文案出自張毅之手，他力透紙背的文字慣用措辭典雅、氣勢磅礡的詞句，直點作品精髓。這次為惠姍設計的琉璃茶具張毅命名為：「圓融了悟」，多麼貼切而富有哲理！這次合作，我看到他們喜愛藝術的程度，那份執著和狂熱，遠遠超出了所謂「興趣」，越過的程度已經失去了疆界。

在北京排演歌劇《茶》的兩個多月裡，不巧是夫婿比雷爾病危之際，我在斯德哥爾摩和北京之間往返九次疲於奔命，《茶》首演結束的次日，就馬不停蹄地趕回瑞典，照顧住在醫院已經有一段時日的比雷爾。我們相識相守整整三十三年了，他是醫生，自知來日無多，所以冷靜坦然的交代他「在意」和「在乎」的每一件事，在病榻前，我們一同回望、懷念我們共同走過的歲月，那種一步一回頭的依依不捨，尤如往冥界在渡奈何橋，邁過橋去從此天人兩界。兩個月後，比雷爾溘然長逝，堅實的大地塌陷了，我頓時腳下懸空吊在半空晃晃悠悠的失去了方向。

知道惠姍和張毅也同樣的並肩走過整整三十三年，出入同行、相伴相隨，幾乎每一分每一秒都在一起，對方的世界幾乎是自己生命的全部。他們創作的琉璃藝術作品和舉辦過的重要展覽太多了，在世界上也獲獎無數，在此不一一贅述。我想介紹的是後階段，他們兩人創作的題材都以佛性中的慈悲為主，張毅在詮釋作品中曾說：「信仰不一定是

❶ ❷
❸

❶ 張毅說:「我的心裡不自在,所以,我作《自在》。」張毅創作屬於他的佛,佛的氣質有些隨意、散漫,還有些不經心,充滿了人的趣味,以及不拘的自在。

❷ 張毅喜歡太湖石,可是沒有把它挖來,而是創造一個自己的太湖石,帶出一個新的瑰麗的仿自然景觀,是一種對自然美的崇敬和景仰。

❸ 張毅的創作語言,隨意,自在,卻充滿認得情感。讓琉璃漿按照自己的意志,在焰火中凝結成最自然的狀態,展現隨性,不受拘束的生命禪意。

宗教，是一種信念、人生價值觀。琉璃創作是一個修行的道路，要讓心中有光，才能將慈悲在作品中自由的發出光來，生命無常、唯有慈悲，這是一輩子的功課！」

最讓我感動的故事莫非是，一九九八年張毅心肌梗塞住進醫院，惠姍在張毅醒來的第一句話問張毅：「想吃什麼？」張毅說：「想吃鰻魚飯。」其實只有他們兩個曉得，鰻魚飯是惠姍最愛吃的，張毅有幸再張開眼的時候，最想再跟惠姍一起吃碗鰻魚飯。那次張毅在醫院養病期間，惠姍陪伴在側，捏佛像石膏模型，佛的耳朵捏得特別的大，尤

《一抹紅》不僅是張毅對生命的反思，更是他多年來思考華人哲學與琉璃藝術的答案，從民族情感到東方詩意，發展出水墨筆韻與琉璃氣泡的協奏曲。

「永遠沒有來不及的愛」，是張毅留下的最後一句話，是給妻子楊惠姍、給女兒張源、也是給這個世界。

※ 此章照片由琉璃工房提供

其是靠近床邊的那隻耳朵斜了一邊要飛出去，張毅問：「佛的耳朵為什麼要飛出去呢？」「你的聲音還是虛弱得讓人很難聽清楚。」惠姍答。出院後，張毅將這尊完成的佛像起名「傾聽」！這個世界上能夠找到聽得見自己的人有幾個？

張毅電影十一年、琉璃工房三十三年，一生對民族未來充滿憂心、牽掛文化傳承。他一生所有的創作無論是文學、電影、琉璃，從始而終希望能用「善」念改善人心、改善社會，盡力所能及的去改善能改善的、貢獻能貢獻的、抓住能抓住的、挽救能挽救的，但捨去能捨去的嗎？

惠姍在向張毅告別的信中寫：「爸爸，謝謝你，謝謝你讓我知道人生的意義是什麼，謝謝你，讓我的人生這麼不一樣，爸爸原諒我還是說得不好，爸爸，現在是『燈開著，而你不在』。」情深到來生！

十二月十四日是張毅七十歲冥誕，僅以此文悼念、緬懷高風亮節的朋友精彩的一生！

媽媽（惠姍）：爸爸不是告訴過妳「永遠沒有來不及的愛」嗎？他「遠」在眼前、「近」在天邊，永遠愛著妳、引領妳「至善前行」！

（二〇二〇年十一月二十一日於瑞典）

# 都云阿龍痴——記周龍章

阿龍是我最老、最熟、在紐約交往最多的朋友，但也是我最不知該如何下筆寫的「人物」。他在台上台下、門裡門外、鏡前鏡後的「花樣精」實在太多，多得使人眼花撩亂。

他有很多頭銜或渾號：「紐約華人藝術教父」、「紐約文藝道場大佬」、「社交蝴蝶」、「活寶」……其實怎麼稱呼他他都無所謂，他是一個另類，靠自身的努力、靠拉人脈、靠懂人情、靠肯包容、靠會周旋、靠閱人多、靠甘為孺子牛，在紐約這個大蘋果中安身立命。按照鼎公王鼎鈞先生的評論：「得助、自助、助人。」按照他自己的說法：「我的人生神仙、老虎、狗，樣樣我都做，也都付出過。」

我一直叫他阿龍——貴姓周大名龍章或者直呼他英文名 Alan，我們認識整五十八年了，那年我十六歲，一九六二年我由北京到香港後的第二年，進了「邵氏電影公司」辦的「南國演員訓練班」，訓練班負責人顧文宗先生知道我是北京舞蹈學校科班出身，立馬就安排了舞蹈課要我教，在阿龍《紐約燈火說人物》（簡體版書名《戲夢紐約》）書中，他提到我在南國時教過他舞蹈，才提醒了我這段源緣。

嚴格的說我們七十年代在紐約才相識，當年紐約不大的華人藝術圈中，有人跟妳用上海話提到南國和那麼多六十年代在港台電影界的朋友，就自然而然地會覺得「阿拉是自家人」。一九七三年在我在紐約成立了「江青舞蹈團」，那時阿龍熱衷於中國傳統戲劇，是標準「票友」，羅大佑的序中消遣阿龍寫：「死皮賴臉的還老喜歡假公濟私的上台表演。」我印象中只要有社區演出活動，他必定粉墨登場，什麼角色他都可以扮演，可男可女可老可少，當然拿手劇目還是齊天大聖美猴王，這些舞台上扮演的不同角色，就像他日後在舞台下扮演的各式「妙人」一樣，十八般武藝樣樣行。

七十年代中期，大紐約區有很多華人，卻一直沒有一個為華人服務的藝術社團，但有頗具規模的「華人策劃會」，在中國城內很活躍。負責人之一王培對文化藝術有興趣，他瞭解美國政府文化政策，是鼓勵推廣多元文化，所以支持成立「美華藝術協會」，可以直接向政府申請文化補助經費。他詢問過我的想法，當時我在紐約亨特大學任教，自己舞團剛剛成立，根本不可能再接受其他的工作；況且我感到這是個吃力不討好的苦差事，華人社區政治和人事都極複雜，誰也得罪不起還需要在夾縫中做人，同時需要有顆一心一意為人做嫁衣的善心。後來「華策」會請到原本就在「華策」會文藝部負責的周龍章，希望他獨當一面擔當此任，我們做朋友的也當然鼓動有人可以接受。一九七五年，「美華藝術協會」成立，我看著協會的誕生、成長、壯大，如今四十五年了，這些年中阿龍幾乎單槍匹馬地替全球的華人藝術家做了無數好事。當然也讓他有機會在紐約閱盡了名利場，他始終把自己放在一個邊緣人位置，有時候跑龍套，有時候扮演小丑，為協會忍辱負重、不邀功、不聲張、台上台下鞍前馬後迎來送往，大家對他鞠躬盡瘁為社團和藝術家服務的精神敬佩不已！我們一起回想起來阿龍會慨嘆：「沒有想到當年這個決定，改變了我整個人生！」

剛開始我們的來往並不像後來那樣頻繁，他有了協會負責人的身分後，在紐約文藝圈中開始活躍起來，經常與紐約各大文化機構，以及各路人馬牛鬼蛇神打交道，還要與各種藝術界、政界人士周旋。當時我年輕，旁眼看來，阿龍真真假假虛虛實實讓我在霧裡觀花，根本看不清楚阿龍這個學弟的舉止言行究竟是怎麼回事？我說話從來不喜歡轉彎抹角，看不慣他這樣顛三倒四的「古怪」的行徑，不肖地問他：「你搞什麼鬼？」他會大言不慚的自我解嘲：「人在江湖一定要八面玲瓏，我就是孫悟空像人精，在紐約要辦成事就要能屈能伸，運用各種智慧，見人說人話，見鬼說鬼話，該磕頭的時候磕頭，人生半真半假，來來回回就是一齣戲。」

所謂日久見人心吧，多年之後我自己成熟了，明白這個社會生存之道，才慢慢的看懂、理解阿龍口中的「勿容易」。其實你看他裝瘋賣傻，口無遮攔地連「我就是人盡可夫！」這樣的話也肆無忌憚的說出來，其實他心裡絕對有一桿秤、腦中有本帳，誰是虛情假意、誰是真情實意，他心清肚明絕不含糊。

在我主演的二十九部影片中，最偏愛《樂》。一九六九年，港台影界同仁動發動了援助李翰祥「國聯電影公司」渡難關義舉，由港台四大導演攜手分拍由四段故事組成的影片《喜怒哀樂》，李翰祥導演《樂》。我在《樂》中扮演村姑一角，製作上雖屬小品性質，但無論在風格和色調上都有其獨到之處。劇情主要是圍繞著助人為樂的主題展開，是一部富哲理卻又充滿人情，趣味盎然令人玩味的佳作。

一九七八年，我基本上借用了原電影故事，為「江青舞蹈團」在紐約公演創作了第一個舞劇《樂》，也算是聊作對自己從影期間偏愛作品的緬懷。但舞劇著眼點不是在故事情節的敘述上，而是採用了比擬和象徵性的手法來表現主題精神。劇舞劇《樂》在上

1978 年舞劇《樂》，水鬼與漁翁，（周龍章扮演）。
（柯錫杰攝）

凌波與孫悟空周龍章

演時，比電影晚了八年，自己不好再扮村姑，而扮了新寡（電影中李麗華扮演）。男主角漁翁則邀請了阿龍，他在舞台上表現發揮的極好，而且在排練期間跟其他演員們也相處合作得極為融洽，此劇得到了紐約時報的好評，於是我帶著這個作品在美國巡演還去香港參加了亞洲藝術節。我看了他的書才知道因為《樂》的成功，給阿龍帶來不少其他演出機會，這真的很值得我欣慰。

後來一直在想，當初找阿龍演這個「為助人為樂」的漁翁角色真找對了，因為在現實生活中，他一直在扮演「助人為樂」的角色。自一九七五年協會成立以來，在他手上辦過的大大小小演出不計其數，在百老匯四五六畫廊辦過的展覽不計其數，通過「美華藝術協會」辦成美國居留權的藝術家不計其數，用四五六場地由他主持的記者招待會不計其數……。

我認識傅聰是六十年代初我到香港不久，還沒有進演藝圈，朋友林楓、丹妮夫婦跟我住得很近，林楓是上海人，和傅聰是舊相識。當年傅聰經常在香港演出，離祖國——家，一步之遙但有家歸不得，他對中國有切膚之痛是因為他對中國的文化有切膚之愛，他關心政治也關心中國發生的一切，林楓知道我剛離開大陸不久，就約了傅聰一起在他家聊天。傅聰完全是個性情中人，喜怒哀樂都寫在外面，那天我們談得非常投機，友誼一直延續到現在。

傅聰第一任太太 Zamira 是世界著名小提琴家梅紐因掌上明珠，結果幾年後他們婚姻破裂。梅紐因是猶太人，對他們的離異西方音樂界眾說紛紜，加上傅聰對以色列和巴勒斯坦的衝突，認為以色列在被納粹屠殺後，現在更是變本加厲的屠殺巴勒斯坦人，他感到太不人道，認為西方世界說的是一套，做的是另一套，一切都是虛偽的雙重標準……。這些言論流出，當然得罪了把持西方世界音樂王國的猶太人，因此傅聰被冷藏和圍堵了多年。我知道他的困境，已經多年沒有在紐約演出了，當然我知道他是個

阿龍（左）、江青（右）與舞團團員們

打死他也不會開口的孤傲性格，於是我背著傅聰跟阿龍商量，希望他可以以「美華藝術協會」名義邀請傅聰來紐約演出，阿龍說：「妳的事就是我的事！」結果九十年代他為傅聰在紐約安排了三次演出，林肯中心之外，在卡內基音樂廳也舉辦了一次。結果對西方音樂自稱是門外漢的阿龍，從租借鋼琴到安排住到他自己公寓，他都服侍安排的服貼又周到。阿龍欣賞傅聰的人品和修養，對音樂的赤子之心，而傅聰喜歡他最大的好處——真。

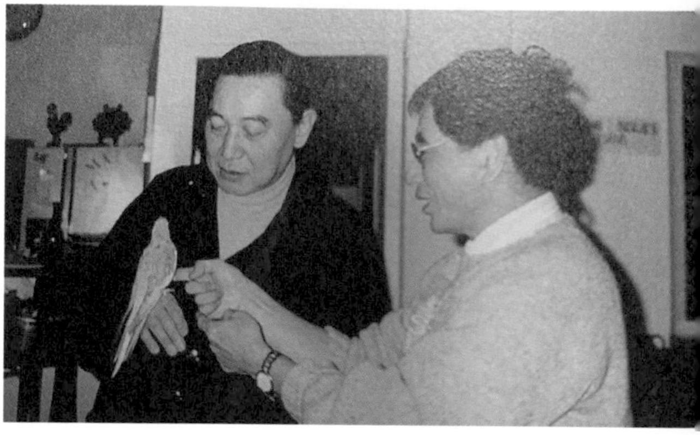
傅聰在阿龍紐約的家

阿龍、馬友友

阿龍雖然跟我很熟，但他很多事不見得會跟我講，「西洋鏡」戳穿的話他會解釋：「這種亂七八糟的事，知道妳是不會感興趣的。」一九九〇年，他在大張旗鼓搞同性戀酒吧「盤絲洞」，跟我隻字未提，但世界居然可以這麼小、這麼巧，給他裝修酒吧的公司正好是我小舅舅開的。一天跟舅舅閒談，他說：「怎麼會有東方人掛了自己的全身巨幅裸畫在『盤絲洞』酒吧間中，這個人好像我在你家中見過？」問了地址後我找了個下午，約了我舞團的女經理 Ive lerke 前去尋幽探祕，阿龍裸畫在顯眼的位置咪咪笑，但他本人不在，那時因為「助人為樂」他還結了婚，跟我說家有賢妻，我跟 Ive 惡作劇，給他留了個條：「祝你新婚愉快！」第二天阿龍打電話來：「我要半夜三更才來上班，妳要來玩我可以請妳喝酒……」我沒有過夜生活的習慣，再也沒有去過。

我們認識這麼多年了，他從來不承認自己是同性戀，我當然不會去打聽他的私生活，在西方，舞蹈界男演員同性戀司空見慣極為普遍，我一直以為我們心照不宣。打我那天尋幽探祕後，阿龍不需要再「偽裝」，頓時變得輕鬆起來，我們可以聊同性戀給他帶來的痛苦和煩惱。據阿龍說「盤絲洞」酒吧生意興隆，每天來不及數錢，在紐約同志圈中無人不曉。阿龍很高興可以用「盤絲洞」支撐「美華藝術協會」，省得整天為錢犯愁求爺爺告奶奶。阿龍白天一本正經在蘇荷大本營「美華藝術協會」張羅世界華人的文藝活

盤絲洞同志遊行花車

動，夜晚就搖身一變坐鎮「盤絲洞」，當酒保之外有時還會客串當 go-go-boy（跳性感豔舞）。我沒有看過，也很難想像，不過他是「孫悟空」七十二變，估計章子怡和陳丹青都欣賞過他的儀態萬千罷。

後來我知道那幅裸畫是陳丹青的傑作，是寫生畫，花了二、三周的時間才得以完成。二〇一三年「盤絲洞」關閉後我問阿龍裸畫的去處？他說十年之後，丹青先給他穿三角褲，後來再給他套背心，已經賣掉了，可以用來貼補「美華藝術協會」的開支。近年來，美國政府在文化經費上，因為幾次經濟蕭條，大幅度砍預算，「華策」會早就不再負擔「美華藝術協會」的房租，所以一切就靠阿龍的長袖善舞來解決困難，陳丹青出力最多，但仍然經營的很辛苦。

二〇〇八年秋天比雷爾去世後，我在紐約的時間比以前長了，當然主要原因是年邁的母親在紐約，我們可以相互陪伴；另外，夏天過後瑞典的寒冷我倒不在乎，但仍然不能適應幾乎有半年黑夜比白天長的漫漫長夜；更因為我愛紐約，跟阿龍一樣覺得搞藝術的人在紐約生活，如魚得水。

那年冬天，我由原來蘇荷區搬去了離華爾街一街之隔的公寓中，雖然比以前離「美華藝術協會」遠了一點，但在二十分鐘的步行距離內，搭地鐵也就是三站路。我依然故我喜歡看戲、看電影、參觀博物館、上館子，紐約好看、好玩、好吃的太多了，我是「紐約客」，對這個大蘋果熟門熟路，也很習慣一個人做獨行俠；但阿龍恰恰相反，他一定要有人作伴才肯出去逸樂，所以我們兩個單身有時會結伴同行。「美華藝術協會」主辦好的演出和特殊的展覽他會提前通知我，知道阿龍不會燒飯，長年累月在外面吃飯其實很辛苦，他不挑食跟我一樣最喜歡湯，這對我是名符其實的舉手之勞，他下班後就可以逛過來隨便吃吃聊聊，他老說：「我怎麼命這麼好?!」其實是我的福氣，即使我不在紐約，有好的傳統劇目他知道我媽媽喜歡，也會預先留好票請她，還會打電話去提醒，生怕老人家記性差，會忘了而錯過一場好戲。對他這樣長年以來的周到和熱心，伯母長伯母短的噓寒問暖，媽媽「窩」心、我心存感激！

❶ 阿龍、李安 ｜ ❷ 阿龍、夏志清、龍應台
❸ 阿龍、懷民、江青紐約 ｜ ❹ 譚盾、阿龍、江青

《紐約燈火說人物》估計我是最早的讀者，這是他第一本自傳體書，心理沒有把握，所以初稿完成後打印出來想聽聽我的意見。帶著好奇心我幾乎是一口氣看完，很多事也都是第一次知道。

阿龍總是自謙才疏學淺，在自信、自尊心極強的同時自卑感也很強，最怕別人「瞧不起」，是個相當敏感又複雜的人。看了他的自傳我似乎比較理解他，祖父是上海灘鼎鼎大名「明星花露水」的創辦人，自己早年喪母，複雜的家庭背景和他同性戀的心路歷程帶給他的心結、煎熬和傷痛，都形成了他與眾不同的人格特點，他自己也說自己是個異數、是個怪小孩，但自己樂在其中，求仁得仁。因為是朋友，我還是開誠布公地向他提出了對這本書的顧慮：「每個人有私生活，如果願意寫出來可以與人分享，但私密性部分我想每個人都會有，私密應當只屬於自己，而不適合公諸於世。」當然，至於阿龍怎麼決定，那都是他個人的選擇，最後他選擇了毫無保留，我想這是他的天性使然。

他的自傳體書二〇一五年出版，由王鼎鈞、陳丹青、羅大佑三位為他作序，除了記下來他的人生成長歷程和經驗也記錄他在紐約藝文界輝煌的工作成績，好友陳丹青寫：「你可說是演藝圈內的深度八卦，也可說是精彩紛呈的藝壇傳奇！市面上類似的演藝大腕花名簿兼八卦圖，實在太多了，我確信，沒有一位作者的故事與見識、交遊與資格，比

陳丹青（右）與龍章

得過周龍章，比得過這本書。」的的確確如此，我不需要重複書的內容，希望大家自己去看這本書，只是一個內容在書中沒有的，想在這裡補充並與大家分享。

二〇〇五年九月十八日準第一夫人彭麗媛在紐約林肯中心 Alice Tully Hall 作告別舞台演出《木蘭詩篇》，節目製作人就是阿龍，管弦樂團和合唱團演出團隊就超過了二百五十人，同時頒發第二十四屆「亞洲最傑出藝人獎」給她。彭麗媛在紐約排練一周的時間，並不是由中國大使館派車接送，而是由阿龍的小兄弟開著阿龍的賓士車帶著她和幾個保鑣到處跑，這是阿龍最感到風光得意的一件事。以上這段故事繁體版書中有，這裡我要講的是書中沒有的情節：正牌中國第一夫人彭麗媛在二〇一五年九月，隨夫國事訪問又來到紐約，指名要跟阿龍見面，好當面感謝他在十年前為她成功的告別演出付出的辛勞和做的努力。那天阿龍給我打電話，我有些意外，因為這段時間他應當和「好友會」的朋友們在日本旅行，結果因為與第一夫人有約，只好臨時放棄了旅行計劃。他告訴我備了當年的演出場刊鑲在鏡框中送給彭麗媛作紀念，我也覺得這樣不亢不卑的做法恰到好處。阿龍是個懂得感恩的人，在電話中一直跟我說：「真不容易，我是個小人物，她在那個位置上還記掛著十年前那點事，真是有情有義！」

近幾年來在我們的交談中，感到他一直為「美華藝術協會」的前途焦慮，一方面自己年事已高，有力不從心之感，更難的是巧婦難為無米之炊，再找接班人談何容易？所以年復一年他喊退休卻退不下來。我瞭解他完成每個項目的艱難和心酸，以及外人難以想像的委屈求全的滋味。阿龍愛藝術、愛自己所做的事、相信他還會義無反顧的一直愛下去、做下去。阿龍說：「『美華藝術協會』今年四十五歲了，再做五年等它五十歲時我一定退！」「你會捨得嗎？」我笑著問。

新冠肺炎疫情以來，紐約的朋友們有的躲了出去，有的是回不去，就是人在紐約基本上大家也都宅在家。阿龍跟我隔三差五通話，他辦事能力極強但生活能力極差，紐約疫情加暴動，他仍然住在時報廣場附近，治安問題尤其嚴重，他不習慣孤家寡人的生活苦不堪言，盼我早點由瑞典回紐約，但哪有可能？這幾天紐約情況剛剛才開始穩定，他就已經開始到「美華藝術協會」辦公室上

2005 年彭麗媛和阿龍

班了，告訴我：「我明明知道目前沒有什麼事可以做，但坐在辦公室總比坐在家裡好，幾十年來我已經習慣了，否則我能幹嘛……」

借《紅樓夢》其中的詩一絕改編在此：

滿嘴荒唐言
一把心酸淚
都云阿龍痴
誰解其中味？

（二〇二〇年九月十五日於瑞典）

# 慶仲夏和大氣場

時間過得飛快，不知不覺瑞典的仲夏節即將到來。

仲夏節，這個在瑞典人心目中比六月六日國慶節更值得慶祝的節日，選在每年六月十九日到二十五日之間的週六，今年的週六是六月二十三日。

大自然是公平的，在北歐，冬季多漫長，夏天就有多美好。

仲夏節作為一年三百六十五天中白晝最長的一天，幾乎沒有黑夜，也是瑞典最古老、最盛大的節日。慶祝仲夏節是為了迎接夏季和繁衍季節的來臨，按照北歐傳統風俗，人們在身上裹上蕨類植物，把自己打扮成「綠人」。早在十六世紀，瑞典人就開始用葉子裝飾房屋和農具，並立起高高聳立、用白樺枝葉紮起的五月柱，圍著它跳瑞典民間舞，有村民組成的樂隊伴奏，通宵達旦狂歡。

典型的仲夏節菜單上有不同種類的醃鯡魚和煮好的新小馬鈴薯吃，配上優酪乳油和香蔥。然後主菜通常是燒烤，如排骨、魚、小羊排、蔬菜、玉米……，而甜品則是今夏瑞典自產的第一批草莓，配或不配奶油均可。傳統的佐餐飲料是啤酒和烈酒，現在大多數人喜歡葡萄酒，瑞典人熱愛唱祝酒歌，有很多首，唱起來時大家會興奮歡快地拍起手來，一改平日北歐人少言寡歡的刻板形象，會不會是酒能壯膽？

今年仲夏節前的半個多月，瑞典醫院開始要求醫務人員測檢新冠肺炎病毒，在急診室工作的兒子漢寧測檢了，但結果要十四天以後才能知道，原因是醫務人員測檢比普通

男女老少穿上瑞典傳統服裝，裝扮五月柱慶祝仲夏節（亞男攝）

人嚴格，報告單需詳細。我當然擔心，但兒子說：「測檢和不測檢對我都一樣，因為我知道自己得過了，只不過知道一下更準確的數據更好。」測檢結果出來了，他得過病但目前是陰性，而且有免疫力，免疫多久還不肯定，幾個月後需要復測檢。我鬆了口氣，兒子也認為我們可以聚在一起歡度仲夏節，他還有兩個好朋友和他們的小家庭也會參加。

年輕人由他們自主比較明智，他們選了十分漂亮的Haga公園作野餐地點，公園面積相當大，但管理得有條不紊，近水、一片片綠油油的草坪在大樹之間也寬敞，人再多也不會感到擁擠，疫情之中能確保距離。他們選的集合地點離水近，離每個人的家距離也適中，步行在二十分鐘左右，省下停車的煩惱外，最重要的是可以暢飲，無後顧之憂——駕車。哪家帶什麼也由他們自己商定，因為每家都有小朋友，平時年輕父母都忙得覺也睡不夠，必須分工合作。

同心合力豎起象徵仲夏節的五月柱（亞男攝）

我們帶了三條大毯子鋪地上，其他家庭也帶足了各種野餐家當，連氣墊長沙發都帶上了。

禮雅在仲夏節中親奶奶

2020 年 6 月 19 日孫女禮雅在仲夏節戴花環

我們先喝冰凍的義大利粉紅 Prosecco（一種帶氣的葡萄酒），大家互祝仲夏節快樂！疫情期間不能擁抱也不能碰杯，喝 Prosecco 的杯型容量很小，大家只能頻頻舉杯 Skål！（乾杯）。

接下來頭盤：不同種類的醃鯡魚和醃三文魚，我拿出了野餐時頗受大家歡迎的我也常用來當請客時用的下酒菜——蒜蓉雞翅出來。漢寧不喜歡有魚腥的食品，媽媽有私心，特意做了一大盤，讓他在頭盤時也有東西可下肚。

往年不知道為什麼，仲夏節老是下雨，很掃興，今年老天爺大概想在疫情中給大家提提神吧，天高氣爽萬里無雲，去公園路上的人絡繹不絕，因為去的早，我們野餐的位置占了相當大的面積，後來覺得有點過於「霸道」，自覺的收小了些，只聽到四周的人此起彼落的唱起了祝酒歌，人們暫時放下了疫情中的煩惱，盡情的在享受陽光和歡樂！我被喜氣洋洋的氣氛感染，不知不覺在公園裡跟年輕人一起歡度了近六個小時。這是疫情以來我最放鬆、愉快、笑得最陽光的一天！

慶祝仲夏節後回到家中很累，白天吃的太豐富一點也不覺得餓，但是晚上完全不吃點東西就睡，怕半夜餓醒。就煮一小鍋熱乎乎的白粥吧，反正家裡冰箱中有現成的小菜，白粥就小菜也不錯。我從冰箱中取出醃製了一個月煮好的鹹蛋一破為二，蛋黃還冒油；酸菜炒毛豆是昨天炒的還放了點辣椒；醬油蘿蔔丁剛剛醃製了三天，已經可以吃了。小菜一樣樣放在小碟中，三碟小菜就著一大碗熱氣騰騰的白粥，還蠻大的氣場，接地氣的小菜遠比大魚大肉山珍海味好吃。二〇二〇年鼠年，一定要對自己好點，拿出能力把每天的日子過好，把握住生活中的小細節，自得其樂才會變得有幸福感。小菜真下飯，雖然肚子不餓，但還想要再喝一碗白粥。

說到小菜就白粥還蠻大的氣場，不得不讓我回想起一個幾乎編都不可能編得出來的整整二十年前的故事。

二〇〇〇年世紀交匯之際，摯友高行健獲得諾貝爾文學獎，得到消息時為他高興得筆墨難以形容，他當時鮮為人知，於是四面八方向我打聽「此為何人？」我馬上寫了篇文章「自由在你心中！」賀行健的殊榮。

一九八六年夏天在島上讀書，驚豔高行健的劇本《彼岸》，立刻寫信到北京人民藝術劇院毛遂自薦，希望跟他取得聯繫，生平之中僅此一回自薦經驗。一九八七年我在全中國有八個城市的現代舞獨舞巡迴演出，北京是最後一站，我們相約北京，他看了演出後的當晚，我們幾乎徹夜討論，有了共識決定共舞——他舞筆我舞蹈，他一口氣為我創寫了兩個舞台劇劇本《聲聲慢變奏——取李清照詞意》和《冥城》。之後，他先旅居柏林後到巴黎定居。

合作必須要有密切交流，一段時間下來我們成了氣味相投的朋友。八十年代末，他到瑞典來討論劇本和構思，便於工作就住在我家；後來我去巴黎帶著兒子上迪士尼玩，他也熱心地在巴黎引路，他是個最會聊天的人，總是有講不完的「山海經」；就在宣布得諾貝爾獎前不久，我路經巴黎探望久違了的行健，就住在他和女朋友芳芳的家，拿到了他送的《靈山》和《一個人的聖經》。後來知道主要是因為這兩本著作，行健獲得諾貝爾文學獎，他獲獎我並不感到特別意外，意外的是來的如此之快！

高行健為江青寫舞蹈詩劇《聲聲慢變奏——取李清照詞意》第一場：守著窗兒！

第五場：了結了！

頒獎禮前幾天他在斯德哥爾摩有一系列的活動，我們在活動中見了面，他告訴我他的胃只適應中餐，怕在諾貝爾晚宴中要應酬吃不飽，結果我們商量下來，決定諾貝爾晚宴後來我家喝粥吃消夜。但他不知道該如何處置他的隨行人員：翻譯、司機、保鏢以及他在各地請來參加盛典的嘉賓，深更半夜我家附近無處可去，所以我建議：「就邀大家一起來我家罷，準備多些小菜，熬上一大鍋白粥，也替你還掉這幾天的人情債。」行健一聽馬上贊同：「我正在發愁，不知道該如何酬謝這次的工作人員，這幾天大家很辛苦也非常盡責，妳這一來邀請大家，替我解決了難題，對遠方來的客人也有了交代。」

十二月十日頒獎禮那天，我跟比雷爾去了

2000年12月10日高行健獲獎後在江青家廚房

皇家音樂廳觀賞了典禮後就回家，繼續張羅諾貝爾盛宴後的家「宴」。已經過了大半夜，浩浩蕩蕩一個車隊，率先的是幾輛黑色的勞斯萊斯，往水塔改建的我家公寓開來，水塔在坡頂地勢高，前面又是個小公園，冬天沒有密葉遮擋顯得頗為空曠，車子排列在公園側的小路旁，由下直到坡頂，一時之間可以看到左鄰右舍的燈一盞盞點亮了，人們趴在窗口交頭接耳，不知道發生了什麼事？

我們大家在室內熱鬧非凡，前來消夜的所有客人，都已經先回旅館換上了家常便服，更顯輕鬆無比、無拘無束。我和比雷爾準備了很多吃的、喝的，知道外國人不習慣喝稀飯，所以我們備了其他食物，讓大家盡興各取所需。

行健是南方人喜歡我做的酒釀、三潭印月（三蛋：鮮蛋、皮蛋、鹹鴨蛋混合在一起蒸，我叫它混蛋）、素鴨等等，至今我還記得這三味菜那天晚上做了，其他的菜式不記得了，一共做了十幾樣吧，小菜就著熱乎乎的大碗白粥，真還蠻大的氣場、好大的派頭。北歐冬天的室內歡聲笑語暖洋洋，行健滿意的對我們說：「謝謝你們，這是我這幾天吃得最舒服的一頓，比諾貝爾宴會好吃多了！」回頭問他可愛的女友芳芳：「妳說呢？」芳芳微笑著直點頭。

（二〇一九年七月於瑞典）

2015 年江青探望行健、芳芳伉儷在鐵塔前留影

# 亞裔不再做「啞」裔

二〇二一年二月中旬，終於排除萬難，由瑞典回到紐約，為的是探望九十九歲的母親，年初以來她身體欠妥兩次急診。不料在我探望她的前一晚又在浴室中摔斷了三根肋骨，疼痛難當。分離十七個月後的再聚有如隔世，不能擁抱只能相視微笑，一切盡在無言中。

之後，我每天去母親處陪她談家常，煮點可口易嚼的菜，又及時調整了用藥，一週後她的血壓開始回復正常，胃口也比先前好了，精氣神顯而易見的一天天進步。青霞跟我在微信中說何謂孝順？孝就會「順」！我想疫情中的孤寂，影響了一個人的精神和健康狀況，親情大概是最好的良藥。

我注意到紐約的蕭條：關門或零星星客人的餐館、歇業或冷清清的店鋪、黑漆漆的辦公大樓、空蕩蕩的中國城、看到燈火熄滅的林肯中心像個黑洞，頓時我心中空了一大塊。眼前所見的「大蘋果」——紐約令人心碎！

疫情當前，無法跟朋友們見面，只能在電話中聊天，幾乎話題都在接種疫苗和亞裔的安全問題上。知情後，注意看媒體報導，才瞭解仇恨亞裔的火苗已經在全美國如火如荼的燃燒起。

回想起我在二〇一九年九月寫過一篇《投訴》，起因是陪媽媽去老人中心用早餐時被人莫名其妙的羞辱了一番。節錄片段：

諾大的食堂幾乎客滿，意識到只有我們是亞洲人。不遠的大桌只有一位男士在看報，於是走去問：「我們可以在這裡坐嗎？」他點頭。我們邊用早餐邊談天。

半個小時後，男士突然問我：「妳是第一次來這裡嗎？」我點頭。

「下次妳如果再來，請不要跟我同桌！」

「有何不妥嗎？」

「你們嘰哩咕嚕說外國話，完全不懂得尊重人。」

「對不起！我剛剛從歐洲回來，跟媽媽很久沒有見了……」

打斷我：「你們是哪裡來的？」

「中國！」

「由中國來，就該回到中國去！」他大聲嚷，繼續說：「妳懂嗎？由哪裡來，就該回到哪裡去！」

「我來美國近五十年了，頭一次聽到這麼蠻不講理、豈有此理的話！」

「所以美國大選很重要……」說著他站起來，把餐盤弄得通通響，甩了椅子揚長而去。

結果我決定向老人中心辦公室投訴，促使我投訴的原因，是因為感到自從川普任總統以來，明顯感到對移民、難民、弱勢群體的欺壓，社會上白人至上、美國優先，諸如此類的口吻和現象，越趨嚴重。

投訴後我向負責人請教：「他所說『所以美國大選很重要』這句話什麼意思？」

「那再清楚不過了，他是川普的支持者，川普的移民政策妳是知道的，他在搞分裂。所以現在我們特別重視這種製造分裂、不尊重人權、扭曲人性的現象，絕不容忍姑且種族歧視的敗類，這些愚昧無知的人……」負責人說得振振有辭、理直氣壯。

文章的最後一句：「我告訴負責人，在美國這是我第一次投訴，希望也是最後一次！」而不幸的是目前的現象於我的願望背道而馳，忍無可忍我從投訴演變成控訴！

二〇二〇年春天疫情開始後，疫情掀起的種族主義仇恨並不是源頭，這幾乎是美國歷史中固有的一部分。事態日趨嚴重的原因是民眾在美中激烈競爭的大前提下，敵意和嫉恨的情緒無可避免的加大，而前總統川普火上澆油，把這場疫情歸咎於「武漢病毒」、「功夫流感」。大選時此類不友好、詛咒性的字眼媒體上比比皆是，激起民眾對彼此的惡感升溫，政府之間的緊張關係到了劍拔弩張的程度。終於民眾不再收斂，把仇恨肆無忌憚的爆發出來。

在過去十幾個月中，對亞裔的仇恨犯罪越來越多的情況下，幾乎每天都能在媒体上看到亞裔被辱罵、被毆打，因此受傷甚至死亡的案件。拜登簽署了總統令要求停止歧視亞裔，並且講了重話：「這類暴行不符合美國價值觀，仇亞必須立即停止！」但隨著華盛頓與北京的關係日益惡化，香港、新疆的民主和人權問題引起的制裁戰更擴大延燒。使人擔心的是疫情點著了火，怕疫情撲滅後，仇亞和暴力的怒火會繼續蔓延燃燒下去，已經打開了的仇亞的潘朵拉盒子恐怕一時半會兒關不上了。這幾天又看到了政府推出來新的舉措，旨在保護亞太裔安全，白宮辦公室與聯邦政府合作對抗對亞裔的暴行與偏見，司法部嚴打仇恨犯罪外，還撥款幫助受害者，並給針對預防和解決歧視作研究。措施：

設立「在線圖書架」（virtual bookshelf），提供多種資源介紹並表揚亞裔對美國的貢獻；指導國家科學基金會（National Science Foundation）投資關鍵研究，以防止和應對反亞裔仇外與偏見。

有關亞裔美國人遭攻擊和種族歧視的媒體報導氾濫，列舉報紙大標題：

又是仇恨，南加州亞裔女被槍殺

地鐵上白男涉嫌對華女撒尿

「該死的亞洲人」非裔地鐵揮拳耆老滿身血

亞裔族群開設的商店、餐館可能遭刻意鎖定，老闆提早打烊保護員工安全

美國華人老太街頭受襲揮棍還擊，事後恐慌嚎哭

華裔在酒吧，遭一名顧客咒罵他戴口罩，更質疑他是否帶有新冠病毒

「新冠都因為是你們」亞裔女地鐵站被毆臉

社交網站發起 Slap an Asian Challenge（摑亞裔耳光挑戰）煽動在公眾場合摑亞裔耳光

張貼海報上寫：「祈求鏟除在我們國家內惡魔中國人的影響力」

狂徒連闖餐廳威脅「槍殺華人」比出開槍手勢

林書豪效力NBA發展聯盟，在球場上被運動員叫「COVID-19」（新冠病毒）

全美亞裔民眾膽戰心驚人人自危時，不料我也在光天化日之下碰到了類似的情況，上週在家附近無故被兩名非裔女孩明目張膽高罵髒話：「Fucking Chinese！」然後怪異挑釁似的咯咯大笑，我怕吃眼前虧只裝沒聽到，此類事情亞裔老者和女性是被當攻擊的箭靶。針對亞裔的仇恨犯罪升級之際，在場民眾鮮有人見義勇為挺身而出，以及執法人員袖手旁觀的冷漠態度，引發越來越多亞裔呈現恐懼或嚴重焦慮的心理問題，坦白的說我也屬其中一員。就在前天，街道上一步之遙的距離，突然有人拿出了一個黑色的東西快速對準了我的臉，就在我失聲高叫之際，發現眼前反光，原來是相機鏡頭不是手槍。拍照的人轉身走了，而我驚魂未定，嚇得腿發軟、眼淚流了下來。

更痛心的是剛剛開始康復的年邁母親擔心我每天出入會遇到歹徒，天還沒黑就催促我趕快回家，回家後忘了報平安她也開始憂心忡忡，頻頻打電話查勤。我在紐約住了半世紀，非常習慣獨來獨往，從來沒有擔心過人身安全問題，但這一切，在無處不在的種族歧視、仇恨下，安全感喪失、自由平等的理想徹底幻滅。

二〇二一年三月十六日美國亞特蘭大市發生槍擊案，襲擊「楊氏亞裔按摩店」，造

亞裔不是病毒

成八人身亡，其中六名是亞裔女性。二十一歲的白人男子涉嫌作案。很明顯此次凶殺案針對的是亞裔女性，以及亞洲人在美國經營的企業。槍案引發全美怒火，亞裔醒悟過來不能再「啞」了，亞裔的沉默換來仇視的人更肆無忌憚的猖狂，必須挺身站出來反擊。一般亞洲人做人低調，有把自己份內的事做好就行的習慣；遭受攻擊後不放心司法又害怕受報復，因此往往不敢報案，「忍氣吞聲、逆來順受」。但此路已經行不通了，反擊仇恨成了眼下的燃眉之急，必須向當前的仇亞浪潮怒吼：我們不是吞忍族、低頭沉默不是金、亞裔不再做「啞」裔！

「反仇恨亞裔暴力」示威活動開始在全美國串聯舉行，人們團結起來，紛紛譴責種族主義、仇外心態和暴力行徑，意識到必須站出來為自己與孩子發聲，為了下一代不用擔心走在街頭遭到攻擊和仇視，生活在恐懼中。

示威遊行時高舉著牌子：

#Stop Asian Hate（停止仇恨亞洲）

## #Hate is a Virus（仇恨是病毒）

四月四日週日，是復活節也是中國清明節，「亞裔維權大聯盟」和美國「亞裔社團聯合總會」在紐約組織「停止仇恨、反歧視、捍衛亞裔權益」大型集會和遊行示威，亞裔維權意識逐漸覺醒，四百多個社團、數萬民眾報名參加。在曼哈頓富麗廣場（Foley Square）開始聚集，經過市政廳，穿過布碌崙大橋（Brooklyn Bridge），抵達布碌崙 Cadman Plaza。一路之上男女老幼齊心合力高喊「不要仇恨，要行動！」「亞裔的故事就是美國的故事！」「永不言棄的亞裔不會再沉默！」集會中也呼籲聯邦政府將四月四日定為「反仇恨日」。

欣慰的是獲悉紐約亞裔成立民間巡邏隊保護社區，開始自救行動，其中「紐約安全步行」（Safe Walks NYC）目前有超過一千八百人志願參加，護送有需要的民眾到達他們想去的地點，而大多數志願者是年輕的一代，他們擁有雙語能力。顯示了人們在自發地認識到強化一己之力、自力更生、互愛互助的重要，年輕人的實際行動讓人看到了希望。

近來看到林書豪與嫂嫂派翠西亞，共同署名的投書文章，三月二十二日刊登在《時代雜誌（TIME）》網站。對體育運動我不熟悉，但讚賞哈佛小子林書豪在籃球場內外待人接物的智慧和謙虛作風，對基督教虔誠信仰，樂意傳播教義並熱衷公益，然而行事十分低調，是個有教養的年輕人。可以想像林書豪一路以籃球運動員身分走來，在球場裡外受到的排擠打壓、語言霸凌、冷嘲熱諷的凌辱可想而知。直到目前，他仍然沒有指名道姓說出是哪位在自家球場上惡意呼他「新冠病毒」，猜想他心存厚道想給人留後路，也是基督教教旨中的「寬恕」灌輸給他的修養。

文章中，林書豪首先自白心聲：「後悔與遺憾林來瘋（Linsanity）時期沒為亞裔發聲，九年前當自己成為全球聚光燈的焦點，但心裡想的只有打籃球，沒有認識到，亞裔族群層層的心理創傷和一代代承受系統性不平等。」也談到：「過去這一年來，我們看到某些心中最恐懼的事情發生了，社會中，某些最醜陋的部分在活生生上演。面對這一切，需要勇氣。」同時他自省：「九年後的『林來瘋』，傾聽批評、自我沉澱，也呼籲人們暫時放下自我，反思自己是否無意間也犯不把人當人看的錯誤？當知道有一群人出來訴說苦難、尋求同情心的時候，自己是否能夠停下來聆聽？他期盼無論是來自哪一個族群，彼此都能得到充分理解，知道自己是誰！」

林書豪的自省，讀後特別有感觸，也引發了我的反思，亞裔不再做「啞」裔固然重要，控訴之外，發生的問題應該提出來探討。美國族群分裂現象、社會中歧視問題，從歷史

STOP
ASIAN
HATE
RACISM
IS A
ANTI-RACISM
=
Anti-IMPERIALISM
=
Anti-capitalism
WHITE
supremacy
is a
DISEASE

STOP
ASIAN HATE
STOP
HATE FOR ANY GROUP!

停止仇視亞裔集會

上基本就沒有解決，反觀中國人的種族歧視，尤其對黑人的鄙視不也是根深蒂固地存在嗎？

就舉例我親身的經歷：

上世紀七十年代初我在加州柏克萊大學教舞蹈，班上有位華裔女學生和黑人談戀愛，兩人都喜歡打太極拳。那時亞裔與黑人出雙入對的罕見，於是校園中的中國學生背後議論紛紛，結論是：他們在一起不要緊，要緊的是千萬不能生孩子，黑黃混血的孩子，皮膚會是發霉的巧克力色。

一九七八年秋天紐約「江青舞蹈團」受邀參加香港市政局舉辦的「亞洲藝術節」，舞團成員是小「聯合國」——亞、歐、非裔。Rico 是非裔男舞者，黑的黝亮、少言寡語、十分敬業，與舞團其他人相處融洽。大家十分興奮要「遠征」演出，尤其大部分團員沒有出過美國國門。

演出前後我們在香港要待十天。不料還沒入劇場，Rico 找我表示他要儘快離開香港，不能參加演出的原因是他受不了中國人的白眼和歧視。我只好盡量安撫他希望他以演出為重，隨後請 Rico 去了一家小館晚餐。不料餐館伙計不來招呼我們坐下，一臉不屑的神色，我只好自便找位置坐下。我要菜單時，伙計大言不慚高聲：「哎呀——妳現在怎麼變得這麼墮落？居然跟黑鬼在一起！」我不屑答腔。

Rico忙問：「他說什麼？」

「他說他以前是我的影迷。」

「哦——?!」

我如釋重負，快速點菜要伙計送上來好早點離開，看伙計上菜時一副不情願的模樣，我既氣又好笑。但不能說給Rico聽，以免他又要「罷演」。

華裔圈子在紐約，適婚年齡的人不少，但單身族群隊伍更龐大，親友認為我識多人廣，不止一次拜託我給兒或女介紹對象，大多數開出條件：首先不能是黑人，堅決不行！說得斬釘截鐵。

最近我看了個相關報導：大陸某地一女孩，曾經與非裔黑人談戀愛，分手後與中國男孩交往，並到談論婚嫁階段，結果男方意外得悉女方曾經與非裔同居，感到奇恥大辱，經過女方表白後才漸漸釋懷。不料，男方父母認為女方是不乾淨的女人，終於決定取消婚事。而女方父母認為女兒丟盡了祖宗的臉面，甚至要斷絕關係。

不禁要問：究竟愛情錯在哪裡？種族歧視的觀念才是特錯大誤！

再進一步想，中國人不但歧視黑人，也歧視其他有色人種，就是中國人之間，不同民族、區域的人，也會有互相歧視、瞧不起的現象，當然跟歷史、社會條件、階層、出身等等都有關係。這裡我暫且作「啞」，但希望有識之士，能夠關注並深入全面的挖掘，研究這個錯綜複雜，嚴肅、嚴重的課題。

美國除了原住民印第安人之外，其實全是由外來的移民組成。然而族群之間、黨派之間爭權奪利的情況實質性的存在；種族歧視問題惡性循環，長久以來沒有得到改善、解決。不再做「啞」裔是美國亞裔邁出去的一大步，通過此次美國在針對亞裔的種族主義甚囂塵上、令人震驚之時，需要所有人接受教訓團結起來，攜手並肩共勉。努力省思自身是不是對任何人都一視同仁？認識自己是誰，然後認識他人的不同、並平心靜氣接受不同；公平、平等對待、接納任何與自己不同文化、族群、膚色的人。地球上的每個公民都需要居住在安全、安定、安樂、安康，可以安居樂業的地方。無論是誰、屬於哪個國籍、種族；無論膚色、文化、教育、貧富上的差距，我們都是生存在地球村中的「人」！

（二〇二一年四月十日於紐約）

# 致敬舞台設計泰斗——李名覺

二〇二〇年十月二十六日，紐約時報前舞蹈評論主筆安娜（Anna Kisselgoff）給我傳來紐約時報連結，在完全沒有心理準備的前提下打開，大字標題赫然入目：Ming Cho Lee, Fabled Set Designer, Is Dead at 90（李名覺，寓言布景設計師逝世，享年九十），下一行是對他的概論：他在戲劇，舞蹈和歌劇方面的工作有助於重新定義美國的舞台設計。

概論之後，一張李名覺先生在工作室內的照片。看到這張熟悉的琳瑯滿目的設計桌和桌前面善目慈溫暖的笑容，我的胸口剎那間堵塞起來，一切來的太突然！緩了緩神後，我一口氣讀完了悼文，心情難以平靜，沉甸甸的。

李名覺先生在世界舞台表演藝術設計中有崇高的地位，與華人在世界藝術領域中，貝聿銘先生在建築界、趙無極先生在美術界，李名覺先生引以傲人的成就和貢獻在設計界，完全可以跟他們二位並駕齊驅。有感於中文世界對他的事蹟鮮有報導，沒有看到悼文出現，或許因為舞台設計的「地盤」較為窄小，不被大眾矚目，於是決定當盡我能，寫下這位極其純粹的藝術家、熱忱的教育家、坦誠的朋友，以表緬懷和致敬！

紐約時報悼念文章大幅度報導了李名覺在舞台設計和教學上的成就，列舉重要作品和他的學習、成長背景，在此摘錄部分：

李名覺在六十年代和七十年代，從根本上幾乎單槍匹馬地改變了美國的舞台設計方法。他是一位富有創造力和影響力的設計師，為數百種戲劇、舞蹈作品和歌劇設計了場景，並且其創作思想繼續影響著這一領域。

李先生對劇院的影響與他對教育的影響相匹配。從一九六九年至二〇一七年，他在耶魯大學任教，並擔任設計院研究部主席，他的許多學生繼續從事該領域的職業。其中這樣一段是李名覺學生邁克爾・耶爾根（Michael Yeargan）回憶：「二〇〇五年參加東尼獎（Tony Award）頒獎典禮領取舞台設計獎時意識到了這一點。我走到後台，看著周圍的人，注意到站在那裡的六位東尼獎獲得者中有五位曾師從李名覺，我突然意識到他對我們所有人的影響有多大！」

一九八三年，在百老匯的布魯克斯．阿特金森劇院（Brooks Atkinson Theatre）上演音樂劇《K2》，為他贏得了第一座東尼獎。劇情中有兩個登山者攀登了喜馬拉雅山峰，他為此設計了一座巨大的、冰冷的，保麗龍和木頭的山。戲劇評論家用這些詞來描繪李名覺的布景設計：最小、簡潔、嚴謹、稀疏、骨骼、暗示。

李名覺於一九三〇年十月三日出生在上海，是百年望族寧波北倉小港李家之後，父：李祖法，母：唐瑛。父親任遠東保險公司總代理，其中包括當時的

2003 年李名覺獲得美國國家藝術及人文獎章後，喬治 布希（左二）和夫人蘿拉（右二）在白宮歡迎李名覺（左三）和夫人貝思（左四）。

西方人壽。父母離異後，他與父親一起，隨著中國大陸易主，父親將生意轉移到香港。一九四九年，李名覺赴美就讀，後入籍。

他雄踞美國十大舞台設計師之首，在世界當代最著名的四十位舞美設計師中，一半以上曾受教於李名覺。他的影響力遠遠超越了舞台設計，耶魯大學除念舞台設計系學生之外，念服裝、燈光、編劇、舞台監督、導演和藝術的學生，也修他的課，因此他的理念、思想方法和審美觀，幾乎包羅萬象地滲入到了戲劇創作和製作的各個領域。

二〇〇三年李名覺獲得美國國家藝術及人文獎章，二〇一三年榮獲美國戲劇界最高榮譽東尼獎終身成就獎。

我與設計泰斗——李名覺先生有幸相識是這樣開始的。

上世紀六十至七十年代，李名覺先生擔任紐約公共劇場和莎士比亞公園藝術節（Shakespeare in the Park）的首席設計師，機構創始人是約瑟夫．帕普（Joseph Papp）。莎士比亞公園藝術節每年夏天在中央公園的戴拉寇特（Delacorte）劇院有各種演出，節目多元、水準一流、觀眾踴躍，往往一票難求（免費）。「江青舞蹈團」七十和八十年代有幸多次獲邀參加戴拉寇特劇院演出，舞團只需要準備半小時左右的節目，和其他二至三個小舞團同台組成一個晚會。中央公園戴拉寇特的室外劇場有二千三百座位，是個經過改良的伸展式舞台，有點像古希臘劇場。因為是露天舞台，設備和後台空間極有限，然而又要讓公園本身的風景線和代表紐約特色——圍著中央公園的摩天高樓的天際線保持可見度，所以在布景和道具上必須要重新考慮搭配、布局，這位事必躬親的首席設計師就要即興做些調整工作，才能完成演出布署。

為了舞台燈光效果，要等天黑後才能開演，四周黑黝黝的摩天高樓的盞盞燈火，和有星星點綴的夜空作背景交織，演出氛圍是非常紐約式的奇特「魔幻」。仍然記得舞團在那裡演出我七十年代早期作品：《陽關》、《民歌三調》，作曲是周文中先生。前幾天到紐約中央公園散步，特意途經戴拉寇特劇場，懷想起二位藝術家朋友都在近年逝世，頓生傷感、寂寥！

李名覺是一位待人接物非常熱情、極平易近人的大師，認識之後，「江青舞蹈團」在紐約演出也總會邀請他，當然他不一定每次都出席，但來看演出一定是自己買票，如果我執意不從，他就會用上海話說：「阿拉曉得搞現代舞頂辛苦，儂要是請客送票，下趟阿拉勿來了！」我當然希望能請他來指點，只好從命。

八十年代初，舞團在紐約下城東區「亨利街表演工作坊」（Henry Street Playhouse）開年度發表會，我發表了《詮釋》四個舞章：音樂的變奏、調度的變奏、主題的變奏、旋律的變奏。主題構思較比哲理性，我邀請了不同文化背景的編舞者共同創作，旨在表達每個創作者生活經驗不同、文化背景不一樣，因而對同一個主題、同首樂曲，用截然不同的角度作陳述和詮釋。《詮釋》由一九七九年至一九八一年歷時三年完成，所以非常想聽聽李名覺先生的意見。演出後他請太太貝思（Betsy Lee）給了我地址，約好時間去他家裡慢慢談。

李家住在紐約中上城東區，一棟獨立的四層樓老建築，按鈴後貝思應門，第一句話：「設計師只會給舞台打扮，家裡堆得就像個倉庫，請不要介意！」

進門一看，果不其然所有的牆壁上貼滿了各種設計圖紙，地上、走廊裡、桌上、各個角落，樓梯上堆滿了各色各樣的紙盒和舞台模型，讓我目不暇接。

李名覺笑咪咪地站在二樓樓梯口，說：「儂上來！」我小心翼翼地找可以插腳的空間走了上去。

事隔多年，仍然記得他提了很多和創作有關的問題，想了解我是如何開始有想法，然後一步步呈現在舞台上？目的、意圖和過程又是怎樣的？這種提問讓我重新思考創作上的思路。李名覺強調，現代創作不是空穴來風，出發點永遠是文本之所在。對從事創作當年還稚嫩的我，受益良多。

那次在他家印象最深，至今想來還是想不透的很奇特的問題：我們在他工作室談話一開始，他就不用上海家鄉話，完全用英文交談，我表示用母語最順溜，我的英文詞彙有限，不料李名覺仍然用英文說：

「我十九歲一九四九年才由香港來美國，但現在母語忘的差不多了，上海話還能講幾句，都是因為母親健在時要跟她溝通，她走後就逐漸忘光了。」

少年李名覺與母親唐瑛

三代人的全家福

「這怎麼可能?!我是二十四歲來美國後才開始學英文，所以考慮問題、作夢，基本上以中文為主。」

「剛來美國在洛杉磯西方學院念書，由於英語不好，給我上演講課時帶來了麻煩。年輕時在中國受媽媽鼓勵，學山水畫和練書法，因此我參加了繪畫班，在繪畫課上我會得到A，這平衡了我英語課獲得的D，是繪畫挽救了我。」

看著他桌上寫的毛筆字，問：

「那您還是會用毛筆寫中文字？」

「是啊！我寫書法，就當習作

繪畫，字面的發音和意思已經不清楚了。」

看我一臉疑惑的表情，他忙解釋：「當時是我下意識的要遠離中文，以為要學好英文，必須忘了母語，刻意如此這般去做，後來娶了外國太太，遠離中國社交圈，長年累月下來就得到了如此這般結果。」

「不可思議、太可惜了，唉──」

李名覺一臉的苦澀，無可奈何地：「現在中國人在美國的處境和當年不可同日而語，情況截然不同。一九四九年我到美國，實際上成了難民，是因為我無家可歸、無處可回，當時香港不是一個容易返回的地方。唉──」嘆了口氣，頓了頓接著：「話說回來，語言是丟了，但我在中國年少時練就了一手書法和中國山水畫技巧，也為我後來進入專業設計提供了助益。」

他知道我曾經在港台影劇圈工作，告訴我，鼎鼎大名的製片人，李祖永先生是他的堂哥，一九四七年在香港成立永華影業公司，拍攝了《國魂》、《清宮祕史》等影片。

李名覺還特意告訴我，他於一九五四年移居紐約，像我一樣偏愛大蘋果──紐約，來了就不走成了「紐約客」。

我熟悉李名覺創作，是因為那些年他為瑪莎．葛蘭姆舞團（Martha Graham）、喬佛里

燈河流向繁星的夜空／雲門舞作《九歌》「禮魂」（劉振祥攝）

芭蕾舞團（the Joffrey Ballet）、艾利舞團（Alvin Ailey）設計了許多重要作品。此外，李名覺為雲門舞集設計了多部作品，其中包括我偏愛的林懷民一九九三年創作的屈原詩集《九歌》，舞蹈語彙有獨創性之外，令我讚嘆感動不已的舞台設計是台前的樂池中蓄滿了水，上面漂浮著荷花；《九歌》尾聲由近千支點燃的蠟燭匯成燭海流動著，大氣磅礴、寓意深長。

我多次希望邀請李名覺先生合作，有時我苦於經費、有時他苦於時間，陰錯陽差幾次都沒有實現，想來無限惋惜。知道他對設計現代舞情有獨鍾，他表示：「現代舞的要求與歌劇和戲劇有很大不同。為舞蹈設計是最純粹意義上的設計，你是在

李名覺引以為傲的歌劇設計《鮑里斯・戈杜諾夫》（Boris Godunov）

一個空間里設計一個視覺陳述，它要和在運動中表達主題的人體形式相適應。一般說來，現代舞沒有敘事，只有最低限度的故事。舞台設計上必須為舞者的活動留出空間，很少需要幻覺性或圖畫式的布景，更不要說實景了。」

我在紐約大都會歌劇院，觀賞過他最引以為傲的作品《鮑里斯・戈杜諾夫》（Boris Godunov），講述的是十六世紀末俄國沙皇的故事。濃墨重彩的布景和巨大的天幕背

為《卡米娜．布拉納》（Carmina Burana）所做的舞臺設計

景上一幅幅俄羅斯的聖像壯觀無比。首演於一九七四年，是李名覺在大都會歌劇院的首次亮相。

在紐約我最喜歡去的演出場地是「公共劇院」（Public Theatre），它是個敢於嘗試的實驗性劇場。一九六六年，莎士比亞戲劇節想成為全年演出的多元化開放性劇院，在紐約近東村區購置了一棟十九世紀老建築，李名覺參與了改造並設計了五個劇場中的兩個。一九六七年五個劇場落成，首演《頭髮》（Hair），由李名覺擔任布景設計，《頭髮》為第一部搖滾音樂劇創造了歷史。《頭髮》上演成功，幾年後在百老匯劇院進行商業演出，百老匯上演經久不衰的盛名，又促使《頭髮》改編成電影，上映叫好又叫座，但「公共劇院」的原創作團隊未被獲邀參加。這也就是我喜歡「公共劇院」和尊崇李名覺的原因，永遠在「打頭炮」，嘗試並完成別人沒有做過的事。顯示了李名覺先生對藝術的無比熱情和對社會的高度責任感，當然必須具備膽識過人、藝高膽大，才能夠做到。

此外，李名覺參與的一個非劇場項目值得特別介紹，他設計了「紐約大都會博物館」中的「Astor Chinese Garden Court」（阿斯特中國庭院），也稱「Ming Hall」（明軒）。七十年代初期，大都會博物館邀請建築師貝聿銘先生設計「明軒」，但他以為最好與布景設計師合作，並推薦李名覺。一九七八年六月，李名覺陪同博物館相關人員帶著模型

劇照《唐璜》（Don Juan）

的照片到中國。這是他自一九四九年離開中國，二十九年後首次踏上故土，悲喜交集。他到蘇州親自考察園林，最終的方案不是簡單的複製蘇州「網師園」，而是需要融會貫通明代中國園林的建築特色，也要在博物館給的固定空間內完成設計。建築材料都是在蘇州用傳統方法製作，包括用修復後的十八世紀窯爐製作瓦片，和製作五十根柱子的巨大楠木。一九八〇年一

舞台設計歌劇《蝴蝶夫人》

《羅密歐與茱麗葉》

批傳統蘇州工匠到紐約按照李名覺繪製的圖紙搭建「明軒」。

記得當年我最感興趣的是聽聞蘇州工匠們不習慣美國「粗」飯，結果臨時調派蘇州大廚來紐約給工匠們做飯。也因為一九七九年中美剛建交，美國人對中國開始關注，大都會博物館又是世界上舉足輕重的文化重鎮，所以紐約的報章，對「明軒」項目，事無鉅細常有專題報導，報章中寫：

中國為團隊分配了一名廚師，他們為工人準備了蘇州的「家常菜」，以使他們遠離「鄉愁」。

一九八一年春天，「明軒」告成，剛對外開放之際，承蒙貼心朋友普林斯頓教授高友工邀約，我們一起在「明軒」聽了張充和女士演唱明朝時代曲「金瓶梅」，她以「懶畫眉」作開場前曲。在這樣的亭台樓榭、佈置極風雅、精致的庭院中，聆聽張充和女士的唱曲，我豈能不被幸福感沉浸得醉了！現在回想起來更像是一場夢，友工、張充和、李名覺相繼仙逝，美夢只能留待追憶！

我曾經問過李名覺：「對這個『明軒』項目作何感想？」他說：「有一點與劇場不同，不會像舞台藝術稍縱即逝，這個『明軒』會和大都會博物館一樣長久！」

在紐約我常去大都會博物館，差不多每次都會去「明軒」走一走，趟佯其中感到別有洞天和一份舒適的安寧，些許跟蘇州工匠們舌尖上的「鄉愁」同出一轍罷！

最後一次跟李名覺面對面談話是二〇一四年十一月三日，忘年交哥大藝術學院研究生吳謙通知我參加「中國藝術家聯盟」在紐約「新學院」（New School）舉辦的「大師講堂」，主講李名覺教授。題目是「My life of Stage Design」（我的舞台設計生涯），我欣然前往，想見見這位久違了的尊崇的友人。

那天李名覺先生由夫人推他坐在輪椅中上舞台，演講時他完全脫稿，語調從容然而滔滔不絕，他先談自己的出身和經歷，沒有步入家人希望他走的道路——經商，而選擇了自己的愛好和興趣所在。他的專業經驗可以讓他完全圍繞設計、戲劇來談，但他沒有這麼做，他瞭解中國家庭的實用主義和遠離政治，不關心社會、知識面狹窄等等的狀況，所以鼓勵中國同學們勇於投入社會，還一而再三的強調，藝術聯盟的人聚會，當然可以討論藝術，但這是不夠的，希望大家關懷社會、文化、道德、政治，一切有關這個世界的都要關心。他的知識和興趣的廣度讓我折服，也是第一次領教了他的幽默感。

演講之後，我去後台探望他，他驚喜的望著我，第一句話就問：「妳還在跳舞嗎？」

我搖了搖頭：「骨頭老了，但還是在搞創作。」

「嗯——那就好！」他笑著點頭。

「那您呢？退休後忙些什麼？」

「除了教學，其他的事我都不會，所以我是退而不休。每週起碼去耶魯大學兩次。」

「您不良於行，這麼遠的旅程怎麼解決困難？」

「我去教課完全是為了興趣所在，教學讓我能夠不斷接觸年輕的一代，使我避免孤立和重覆自己。所以我是在貼錢教課，教課的鐘點費遠不及我包車的費用。」

「哇——！」我不禁鼓掌。

接著說：「這麼些年以來，妳搞現代舞不也是在做賠錢的生意嗎？我們喜歡搞藝術創作的都一個樣。」說完他仰天哈哈大笑，像個純真的老頑童！

用舞台設計泰斗李名覺先生自己的話作文章的尾聲。

二〇一六年春天，「紐約美國華人博物館」舉辦「李名覺的舞台設計」回顧展，在採訪中他驕傲地說：

「在我的職業生涯裡，從未被迫為沒有內在價值的項目做過設計，我為此感到十分幸運。我做過的大多數項目，其價值和意義遠遠超出了視覺上設計的壯觀。」

（二〇二一年三月二十一日於紐約）

# 光的盛宴

一年四季如果按照一整天來算，秋天當是一天中的黃昏，今年我在瑞典度過了金秋，只要天氣允許每天仍然堅持在湖邊繞行。繞行時，明知一天中當是中午的夏天，茂盛的綠色早已逝去，眼前的風景是落日餘暉——即將進入秋天的尾聲。樹葉已經由金黃和紅褐色開始轉為暗銅色，陽光下，葉子隨風飄落下來像金色的雪片在空中輕柔飛舞，樹冠上沒有落下的稀稀落落的黃葉在晚霞中閃爍著金光在顫抖，堆積起來厚厚的落葉在腳下，踩上去悅耳的音樂在伴奏著颯颯作響。在眼前一片燦爛的金秋中，讓我憶想起年少時在北京，西山滿山遍野的紅葉伴隨著嘹亮的嘻笑聲；也懷念起每年秋天，伴著母親在紐約附近，到處追賞紅葉的情景，每次還帶著可口的茶葉蛋、醬牛肉、醉雞翅、滷素雞……。

以往只喜歡現場觀賞，絕不會在視頻上觀看任何演出的我，最近這段日子也打破成規，每天在屏幕前津津有味的欣賞舞台實況轉播視頻，以療慰我對表演藝術的飢渴。

前一陣看柴科夫斯基譜的三幕歌劇《尤金．澳涅金》（Eugene Onegin）是紐約大都會歌劇院的演出視頻，一開場就被舞台上俄國鄉村莊園中鋪天蓋地的紅葉吸引住了，不管是一開始的農民之舞、還是後來表現女主角頓時間的情緒崩潰、一直到林間小溪畔的清晨決鬥，都利用了秋葉作為場景或道具來表達宣洩情緒。哎，這不是跟我在屋外看到的金秋在唱和嘛！總而言之，疫情期間我必須學會自得其樂，在視頻中觀賞演出，雖不能夠跟在現場觀賞的感染力同日而語，但也是聊勝於無罷，學著將孤獨面對的日子，賞心悅目的「熬」過去，也是一個不易修的人生課題。

一轉眼，北歐就進入一天中漫漫的長夜——冬天，到目前為止，瑞典今年不算冷是個暖冬，沒有下過一場能夠積起來的白雪，這個冬天特別灰暗，不是霧茫茫就是雨濛濛，已經一個月了沒有見過藍天更不要提陽光了。因為新冠疫情的迅猛反撲，讓我感到了伸手不見五指的漆黑，像是在鑽無底洞。湖邊的鳥兒大多數都已散去，小徑上濕嘰嘰泥濘不堪，踩上去滑溜溜的很不舒服，老了更怕滑倒，於是需要另闢新徑，呼吸新鮮空氣外也好讓兩條腿活動一下，學著在四周轉著彎蹓躂。

不久前的一個星期天的上午，我蹓彎去了附近社區的教堂，教堂大門口鐘樓的燈點燃了，燈火通明，隨著悅耳的音樂和歌聲，拾級而上，兩側的燭台上火光紅通通，向裡看也是吊燈和燭光相互輝映著，有股明亮而暖洋洋的氣氛，我從來沒有進去過這所教堂，但身不由己的向裡邁進去。

啊！我是唯一的一個來教堂做禮拜的人，太意想不到了，慌忙找就近的凳子坐下。環顧四週兩排高懸由天花板落下的長吊燈，十六盞壁燈用蠟燭圍繞著，牧師講台前圍繞著點燃的蠟燭，一位披著一頭金髮的年輕女高音獨唱者，披著斗篷站立在左前方一角，似乎面對著滿屋的聽眾在昂首高歌，在她身旁彈音樂伴奏的中年女琴師，優雅的坐在那裡，眼睛聚焦在鍵盤上，她們旁若無人，完全沉浸在宗教音樂中。事實上在我到達之前，他們是全力以赴的在空無一人的教堂中進行演出。以我的經驗，表演藝術是台上的演出者和台下觀眾相輔相成建立的，如果缺一：在沒有觀眾的情況下，演出者沒有必要表演……我當時著實被這個場景和氛圍震撼、被感動著。冷不防的一位白髮女士在我面前出現，微笑著遞給我一張當天教堂禮拜程序單，手中還拿了瓶消毒液，我把手伸出來接噴出的消毒液。定下神來，我漸漸不由自主地沉浸到讚美詩的音樂中和溫馨光影的籠罩中，一種安詳、美和昇華的感受油然而生，馬上意識到我出其不意闖入的所在地，不是一般性演出場所而是教堂，演唱和演奏者不是在「演出」而是在履行神職，與牧師相同——在用另外的形式宣道、傳福音！

將近二十分鐘後音樂停止，陸陸續續進來了四位參加禮拜的人，牧師穿著白袍此時也出現了，等人們消毒了手之後邀大家坐下，聽到教堂塔樓的鐘聲，我看了錶正十一點，意識到布道馬上就要開始了，起身向牧師歉意的表示：因不諳瑞典語而退席，非常感謝剛才美好的經驗和時光。

北歐人有一種性格特點：頑強的韌性、行事低調、喜怒哀樂不行於色、倔強但冷靜、崇尚簡樸、擁抱大自然。要知道，諾貝爾獎的權威性成為全世界最為矚目和尊重的獎項，更成為瑞典人最引以為榮的驕傲。這次因為全世界困在疫情之中，諾貝爾委員會很早就宣布了取消諾貝爾頒獎典禮和相關的所有活動。但我猜想一定會有其他的設想和方案，不同一般、非同小可的舉措。

自從一九〇一年，在諾貝爾逝世五周年紀念日十二月十日首次頒發諾貝爾獎，至今已經一百二十年了，其中一九四〇、四一、四二年，連續三年因為第二次世界大戰的影響而取消頒獎活動，而今年是因為前所未有的新冠疫情席捲了全世界，有史以來第一次改變了頒獎儀式和各種慶典活動的形式。

諾貝爾獲獎者沒有在斯德哥爾摩皇家音樂廳領取由瑞典國王的頒獎，而改為得獎人在十二月十日，在本人居住地領取由瑞典政府代表頒發的一份證書、一枚獎牌、一份記有獎金金額的文件，領獎時伴隨著樂聲在現場直播。同時在當天上午，得獎人會享用一頓傳統瑞典式的豐盛早餐，而代替了原來在斯德哥爾摩市政廳舉行的隆重晚宴和舞會。

2020 年皇家音樂廳內的諾貝爾演奏會（亞男攝）

音樂廳演奏會之二（亞男攝）

慶祝諾貝爾獎的音樂會以往每年於十二月八日在皇家音樂廳舉行，今年保留了如期舉行音樂會，然而在無一聽眾的皇家音樂廳中，樂隊對著觀眾席中的一片點點星光進行現場演奏。我看了視頻和亞男記錄下的眾多照片，感動、感慨、更多的應當是感傷罷。

出乎意料之外的是在十一月底，欣喜又興奮的看到了醒目的大幅宣傳，標題為：「諾貝爾周點燃斯德哥爾摩——黑暗中的光芒！」（Nobel Week Lights Stockholm - light in the dark!）日期：十二月五日至十二月十三日。

宣傳介紹這個項目的文章前半段這樣寫：

「諾貝爾周點燃斯德哥爾摩」是慶祝今年的諾貝爾獎的一種新途徑，整個城市中安裝的燈光投影裝置作品，許多是得到諾貝爾獎獲獎者發明的啟發而創作的。

光影作品通常處於藝術與科學的交匯處。它既有趣，有效又能交流。今年參加的藝術家和燈光設計師正在探索其作品的新思想和新技術。這些裝置作品引發了人們對我們如何體驗城市環境的思考，並使您作為訪客以嶄新的眼光看待斯德哥爾摩。

借助標誌性場所和建築物中的新光影體驗，諾貝爾周希望邀請斯德哥爾摩居民參加今年的諾貝爾周慶典活動。這一年，是各個方面都被困難纏繞危困的艱辛的一年，這將是一種文化體驗，您可以參加此項戶外活動，與他人保持安全距離。身歷其境地體驗到：黑暗中給予的光芒是在我們最需要的時刻。

我好奇心重，密切的身臨其境的關注了「諾貝爾周點燃斯德哥爾摩」活動。無法一一介紹十二處地標場景，這裡挑四處地標簡介一下：

古斯塔夫瓦薩教堂：諾貝爾一生最偉大的發明是硝化甘油炸藥和飛行炮彈。這兩樣東西本身是中性的，它既可以用於防衛又可以用於侵略。諾貝爾一生致力於為人類造福，致力於社會的文明進步，他的精神吸引著沉思和反思。作品被投射在教堂正門外的一塊大玻璃屏幕上，無聲並以慢動作顯示出強大的炸藥爆炸時的光芒與威力。

市政廳：歷來是諾貝爾獎盛大的宴會場地。此次是與瑞典國家太空中心和歐洲太空總署合作開展的最大的視頻製圖項目之一。此裝置與今年因發現宇宙最奇怪的現象——黑洞，而獲得的物理學獎有著明顯的聯繫。

文化中心：整座建築玻璃窗用燈影顯示：「我永遠不會放棄光明！」這句話是一九五七年十二月十日，阿爾及利亞出生的法國作家阿爾伯特・卡繆斯（Albert Camus）榮獲諾貝爾文學獎時其中的一句致詞，是他對自己一生奮鬥精神的總結。

諾貝爾獎博物館：博物館外圍繞一圈醒目的藍、黃雙色燈框，與瑞典國旗以及諾貝爾慶典活動中的藍與黃色完全相像。潛台詞是：在這裡歡迎所有的訪客，大家都是諾貝爾獎博物館榮譽的貴賓。

從第一次諾貝爾頒獎典禮開始，每次都是十二月十日下午舉行，為紀念諾貝爾一八九六年十二月十日下午四點三十分逝世，在這一時刻同時舉行儀式，含有特殊意義的做法一直沿襲至今。今年以「黑暗中的光芒！」為主題的慶典也由下午開始，那時天早已墨黑，燈光需要在黑夜降臨時才會達到應有的最佳效果。

斯德哥爾摩市政廳發出的「光芒」（亞男攝）

無獨有偶的是「諾貝爾周點燃斯德哥爾摩」十二月十三日閉幕，選在那天正好與同一天瑞典傳統露西亞節相連結。在露西亞以前，瑞典皆是晝短夜長，這天之後，白天會越來越長。露西亞是光明的傳遞者，是古老神話中的人物，她擔負著一項永恆的職責——為瑞典的漫漫長夜帶來光明。露西亞之夜是一年中最長的夜晚，也是個最危險的夜晚，據說鬼神都會跑出來，動物也會開口說話。到了早晨，動物需要進食額外的飼料，人也需要額外進食補充營養。這種額外進食預示著聖誕節的即將來臨，感覺上跟中國民間祭灶節是同樣的道理，祭灶節是中國過春節的序曲，年菜在這之後陸續起動。

讚頌露西亞的歌曲有很多，都是相似的送暗迎亮的主題，寫下孫女愛唱的這首：

夜幕降臨
籠罩庭院和屋宅，
在沒有陽光照耀的地方，
四處陰沉暗淡，
她走進了我們黑暗的家園，
帶來了點燃的蠟燭，
聖露西亞，聖露西亞！

雖然兩歲半的孫女不能理解歌詞，唱起來還會荒腔走板，但她現在天天聽天天唱，耳熟能詳地唱得一字不差順溜極了。露西亞節的慶祝活動還包括吃薑味餅乾和甜味藏紅花小麵包（lussekatter）做成形如蜷曲的貓咪，用葡萄乾做眼睛。大人會搭配添了香料的熱葡萄酒（glögg）熱香料酒則是紅酒加入香料及肉桂慢火煮，熱後再加伏特加暖身的飲品。

每年 12 月 13 日教堂中的露西亞節（亞男攝）

形式是這樣的：根據傳統，露西亞要「戴著光明」——戴蠟燭環繞的王冠（傳統中用真蠟燭，現在基本上用電池作電源）；她的每個侍女穿著白色長袍也要手持蠟燭；星光男孩手持鑲在木棒上亮晶晶的星星，也穿著白色長袍，戴著錐形高帽；棕仙們舉著小燈籠壓尾。

記得多年前，黑暗中的清晨我和比雷爾去漢寧托兒所觀禮，隨著孩子們從側門戴著燭光和舉著星火緩緩走進，室內燈光漸漸變暗，而孩子們的歌聲越來越嘹亮時，會產生一種異常感人，特別溫馨的氣氛。

今年的露西亞正好是星期天，托兒所不開門，於是我清晨起身，在黑暗中趕到社區的小教堂想看慶祝露西亞活動，不料吃了個閉門羹。教堂黑區區的，門口貼了張紙：

由於瑞典疫情變得嚴峻，教堂的一切活動暫時停止。請上網收看我們所有的活動。網址：××××謝謝！

我讓漢寧幫我找到瑞典國家電視台今年錄製的露西亞特別節目，今年與往年非常不同的是沒有在教堂中錄製，而選擇了在戶外，在冰天雪地的瑞典北部拉普蘭山區攝製。拉普蘭是歐洲最後一片原生態地區，也是歐洲唯一原著民拉普人的故鄉，它是芬蘭北部、瑞典北部和挪威北部地區的統稱，有四分之三處在北極圈內。節目開始的頭一個鏡頭是麋鹿的角，那是最具特色拉普遊牧民族畜養的動物，然後鏡頭拉開，猜想是用無人機拍攝，看到廣袤的山脈，大片的松林、極地平原、冰川，在冬季全被皚皚的白雪覆蓋，冰清玉潔如世外仙境。

整個一小時露西亞節目的編排，都是圍繞著燭光、無伴奏的童聲、民歌、朗誦、篝火、極夜、午夜的陽光、小木屋透著的燈火、具有民族特色的帳篷、冰河中的倒映、覓食的動物展開，如詩、如夢、如幻。時間仿佛靜止了，世間的疫情、困苦和煩惱都已無影無蹤，人們在大自然中自由地頌唱、呼吸，一團團「白雲」（因為酷寒）由頌唱者口中輕輕噴吐出，吞雲吐霧般像在釋放心靈！

露西亞節與仲夏節的慶祝活動最能代表瑞典的文化傳統，清晰地反映了過去傳統農業社會的生活氣息：「日永」是仲夏，跟中國夏至相似；「日短」是露西亞，與中國冬至相近，瑞典的仲夏與露西亞、有如白晝與長夜、光明與黑暗溫暖與寒冷。

今天的十二月二十一日是農曆十一月七日，是中國二十四節氣中最重要節氣——冬至，又叫「亞歲」僅亞於過春節的日子。冬至也就是「數九寒天」，數九個九天就過完了最冷的數九，按照中國的古老傳說：冬至黑夜最長、陰氣最重、死亡最近。

昨天，媽媽在電話中告訴我已經買好了湯圓，還準備包餃子過傳統冬至節。而我已經約好了兒子，由他開車帶孫女禮雅到近郊集市去看聖誕節花市和那裡的燭光和燈飾！

下車前我戴上了口罩，在濛濛細雨中我們從灰色邁入了彩虹——花市，眼前一閃亮的同時心中一亮閃，頓時陰氣全消。看著禮雅閃光的眼睛、陽光的笑顏，我堅信陽光將逐漸驅逐黑暗！

（二〇二〇年十二月二十一日冬至於瑞典）

2020 年江青在聖誕花市買花

江青、漢寧、禮雅祖孫三代逛聖誕節花市（亞男攝）

# 安貧樂道的「毛毛人」——速寫夏陽

幼離金陵，避東寇烽煙，長河逆上，家園空荒；復危登寶島，海外浪跡，數七十年
生涯，大抵是強吞苦果。
暮入申城，尋西潮餘響，兩洋波歇，邦國初興；乃定居滬濱，中土放心，攬十二樓
殘月，卻也算倒吃甘蔗。

（夏陽作二〇〇二年）

甘蔗愈近根部甜度愈高，愈吃愈甜。知道老友夏陽年輕時生活困苦、漂泊坎坷，中年以後漸有轉機，步入老年後一路平順漸入佳境，他自認：卻也算倒吃甘蔗。上面是夏

陽在上海的工作室門框上掛著的對聯，倒是寫下了他跨洋過海顛沛一生，遊走於由東到西又由西到東的極簡歷。

夏陽一九三二年出生，南京人，本名夏祖湘。青少年時代都是在戰亂的大陸度過。此敘事詩可洞悉當年生活的艱難：

慈祖憐命苦　白髮撫少孤　舉炊惟煮米　盤中數腐乳
舊衣翻假新　鞋破最躊躇　仰首青天遠　哀心映故圖

兵荒馬亂中為溫飽夏陽十五歲參軍，一九四九年十七歲隨軍隊到台灣，在前輩畫家李仲生門下習畫，一九五五年和李仲生的八位門生成立「東方畫會」成為「八大響馬」，是台灣六十年代宣導現代藝術運動的代表人物。一九六三年，夏陽前往巴黎尋找自己的藝術方向，在此時期，夏陽繪畫上用顫抖雜亂的線條描繪人的形體，畫中人全身模糊，似有若無，如魅影般飄浮在潔淨的畫面上，故而稱畫為「毛毛人」。一九六八年，他移居紐約，感受世界藝術的新潮流，形成了他走照相寫實主義（Photorealism）路線，他自創快門拍攝街上的人物，捕捉瞬間感，照片中人物動態的身影和靜的背景相呼應，是以前繪畫中「毛毛人」系列的延續。第一張畫作「凱蒂」（kitty）模特兒還是我們共同的友人，一九七四年紐約哈里斯畫廊（O.K Harris）展出他的畫，並簽下代理合約。一九九二年，夏陽回到台灣定居後，轉向東方傳統神話和寓言中的人物，但仍然不脫離「毛毛人」的意象和語言。二〇〇二年遷居上海，將民間剪紙以及現代雕塑相結合、借鑑，讓「毛毛人」系列轉為金屬片雕，即使雕塑是立體作品，仍然是繪畫「毛毛人」的再跨越性延伸，採用的是遊走於前衛與復古之間的語言。

二〇二〇年冬季夏陽在廈門夫美術館開了個展，「Hi藝術雜誌」上李天琪寫了一篇長文「『絕對老外』夏陽，一位八十八歲的藝術頑童」，很欣賞其中幾個獨到的觀點，想主要是和我的境遇在某點相似，節錄特別有感觸的幾段：

「創立東方畫會的窮兵哥」

這批老藝術家經歷了曲折多難的中國近現代史，東遷西徙，離散海外的不乏其人，而冷戰又使大陸與海外的人脈與活動割裂開來，在學界廣泛認同一九七九年的「星星美展」是中國當代藝術開端的背景下，很多人消失在大陸藝術史研究者和公眾的視野中。一九三二年出生的夏陽似乎也屬此列。

「絕對老外」

夏陽在巴黎和紐約闖蕩二十餘年，他被視為地道的「中國藝術家」；首度返鄉之旅時，這位南京人發現自己是個「台灣畫家」；廣州展覽時，他是個「紐約畫家」；一九九二年，夏陽夫婦從紐約回到台北定居，他又被視為「陸客」了。回頭想想，藝術家送給自己一方印章——「絕對老外」，到哪兒都是個老外。「絕對老外」，既是藝術家個体身分的左右不逢源，文化認同的東西不得宜，反過來想，也是藝術家身處大時代變動、全球文化匯通的過程中，一種游移不定的個人身分的懸置狀態，一種頻頻臨於絕境之下的人生覺悟。

夏陽回到國內之後，仍然是一個「老外」，沒有被看見。二十世紀之後我們的政治與經濟融入了全球化，我們的藝術語言也進入其中，這種大格局或許真的需要我們放寬視野，關注夏陽這樣的藝術家。他把現代審美要素、傳統的滋味、人生的歷練真誠地放入作品中，作品因而即有古典文化的精氣神，又有一種能與當代人進行互動的詼諧態度。

我認識夏陽半個世紀了，所謂路遙知馬力，從人品到作品一貫萬變不離初衷的「真」，永遠生活在精神境界裡「安貧樂道」，繪畫之餘在打油詩中開疆闢壤，自由自在的遨遊在無限樂趣和隨遇而安中。身處逆境安於貧窮，仍樂於用毅力和信心堅守志向和理想，奉行自己信仰的道德準則，面對任何事都處之淡然、泰然。

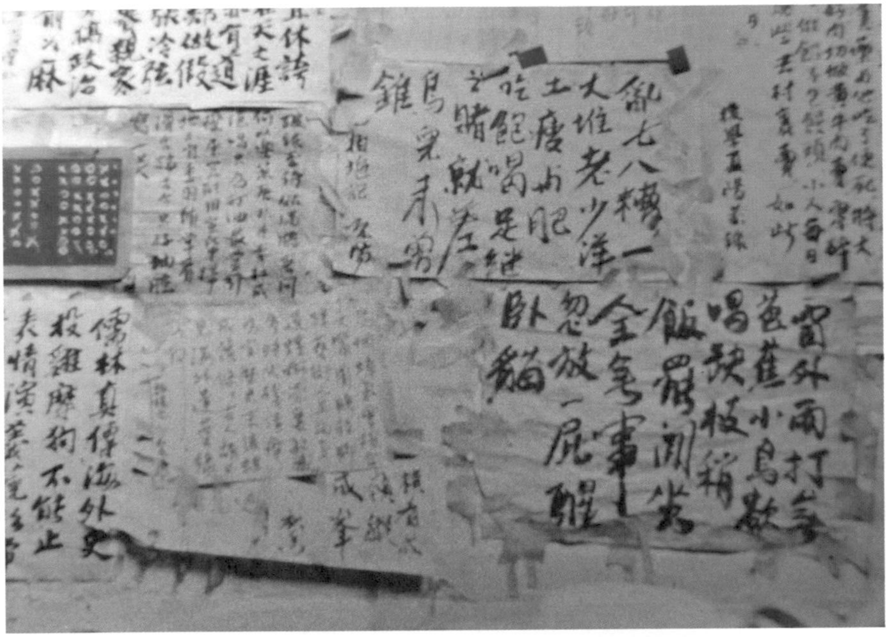

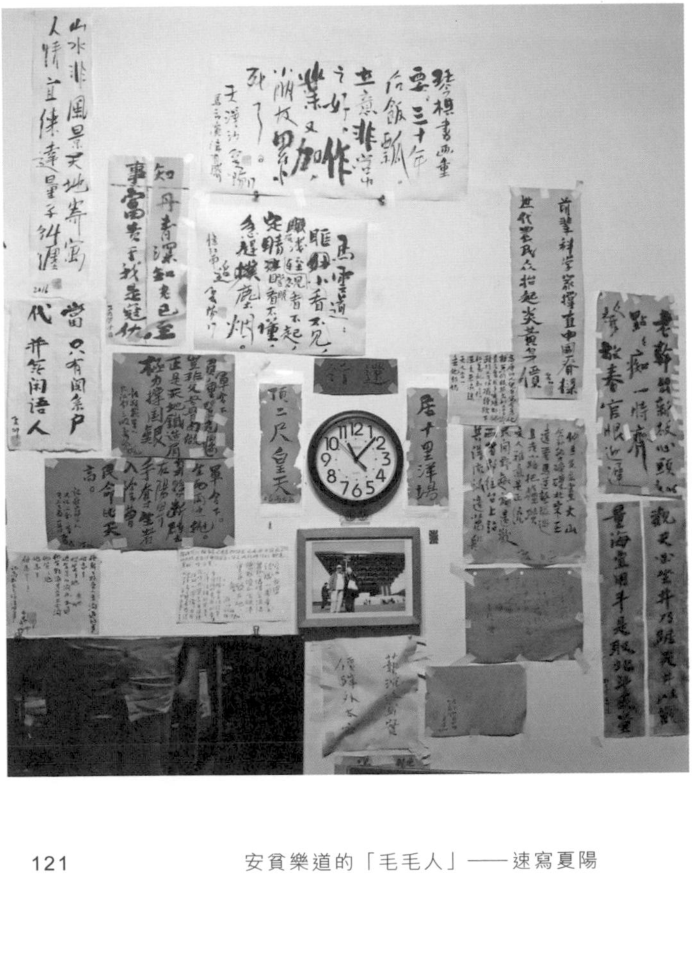

夏陽工作室牆上的打油詩

2021 年，江青與夏陽畫作（亞男攝）

七十年代初，第一次到他在SoHo的工作室拜訪，工作室像舊貨攤或者更像雜貨店——盆盆罐罐瓶瓶，很難辨清哪些是工具？哪些是材料？哪些是未完成的作品？他的工作室的一大特色是牆壁四周張貼滿了打油詩，舊的新的半新不舊的，五顏六色七橫八豎，用畫筆、毛筆、鋼筆塗寫，都是情之所至、隨心所欲寫下的，我特別喜歡他半文半白的打油詩，生活、生動、充滿了生命力。那時他在畫照相寫實風格大畫，把照片影像投在畫布上，然後自己坐在一台老舊的，可以上下左右移動的升降機上，一筆一筆認真畫，所謂慢工出細活。知道我游移不定還沒有下決心搬來紐約，就誇下海口：「妳搬來紐約，我保證送妳畫！」

「呵——真的?!」

夏陽憨厚的嘿嘿笑。

第二年，我真的搬來紐約了。那時我的棲身之所在東六十街一座舊樓中，爬四層陰暗又吱吱作響的樓梯才到我那層。踏門入屋，舊浴缸就臥在正中央；將浴簾拉好，那間屋子就算客廳；開飯時浴缸上架塊板就成飯廳；有客人來，在板上鋪上被褥就是客房。薄木板牆的另一邊，可以放張小床，夏陽用畫布寫了個大字「舞」，掛在薄木板牆上做隔間和裝飾用，就成了我的臥室。再過一年「江青舞蹈工作室」在SoHo成立，「舞」字就一直掛在排練室中陪伴著我創作三十多年。二〇〇八年，我搬離了SoHo，新家是公寓無處可放，雖然捨不得，還是運送給了也是夏陽朋友的紐約「陳學同舞蹈工作室」。

一九七四年，著名舞蹈家Joyce Trasler（喬伊絲．崔斯樂）用周文中的同名音樂《尼姑的獨白》給我編了獨舞，喬伊絲希望有象徵性布景，那時我苦苦經營舞團，生活費靠我在亨特大學教舞，舞團申請到的政府補貼少的可憐，只好請樂於助人的夏陽幫忙。他看了排練，瞭解了舞台需要後，沒出幾天就揮就出一幅氣勢非凡、渾厚的黑白菩薩像，點題、簡潔、大氣，舞台演出效果非常出色。這張繪製在帆布上的畫，跟我巡迴演出跑遍了歐、美、亞洲各大城市，我將它和其他演出資料一起，捐給了林肯中心表演藝術圖書館。

夏陽助人為樂以此次最戲劇性，雖然幾十年過去了，仍然記憶猶新，徵得當事人夏陽同意（除夏陽外都已經仙去）記下。

作曲家李泰祥台東阿美族人，七十年代中期，得到紐約亞洲基金會贊助在紐約觀摩學習一段時間，太太許壽美同行。李泰祥和許壽美當年是同學，苦戀私奔結婚，婚禮當晚，許家找上門將女兒搶走，新聞在台灣鬧得沸沸揚揚。我們彼此知根知底，又有許多共同的朋友和談資，所以有機會在紐約，大夥兒總要聚聚。

一天給夏陽打電話，女生接的，這麼多年，可第一次冒出來一個女主人，我以為打

江青（立者）在工作室排練，與夏陽寫「舞」字

《尼姑的獨白》夏陽畫

錯了正要掛，不料對方說：「江青妳是找夏陽吧？我是許壽美。」

「什麼!?你們夫婦不是離開了嗎？前兩天才給你們送行。」

「妳快過來，我們當面談，事情有點複雜。」

我和夏陽都在SoHo住，不出十分鐘我就在夏陽畫室了，夏陽喝著茶溫厚的招牌笑容掛在臉上，欲言又止的樣子走開了。壽美是個心直口快的人，一股腦兒和盤托出整個事件的來龍去脈。原來多情惹來的風流債是李泰祥一生的「試煉」，在紐約也舊習不改，他們在機場打道回府時，壽美發現竟然有痴情的女朋友前來送李泰祥機。忍無可忍之下壽美提出分道揚鑣，但一時之間發現自己走投無路，思前想後確定唯有夏陽是可信賴投靠之人，於是在機場壽美給夏陽撥通電話，電話那頭見義勇為，於是壽美拖著行李直奔夏陽家。

「同是天下淪落人」罷！夏陽的第一次婚姻破裂同樣的遭受了被欺瞞，所以特別憐憫壽美的遭遇。之後，夏陽不再掛單，朋友們也都樂聞喜見夏陽有了熱灶暖語的「家」。壽美對夏陽的起居生活照顧得無微不至，也是夏陽的最佳聽眾，隨便夏陽講什麼，壽美聽得津津有味，專注的看著、聽著、笑著。至今印象最深的是，大夥兒都並不覺得好笑得的事，但壽美聽來前仰後合咯咯笑不停，那種欣賞、幸福和滿足感讓人豔羨。記得那年夏陽養了貓起名「OK」，想當然跟進了O.K Harris畫廊有關，春節時夏陽做了十種素食材放在一起的家鄉年菜——「十香菜」帶到春節聚會中，討個好意頭，我打心裡替他們高興，祝他們十全十美苦盡甘來。一段時間下來，不料夏陽跟我吐苦水，透露了心思，感到壽美待他實在太好了，怕自己擔當不起這份情誼而虧待對方，說：「傷害別人的心最缺德。」在夏陽眼中，壽美是個好女人，但自己這方面擦不出愛的火花，生活可以湊合但感情則不可湊合，這是他的原則，只能給壽美當作好朋友……。最後，自尊心極強的壽美跟我不辭而別，夏陽辭拙也不喜歡多作解釋，只是帶點苦澀溫厚的一笑帶過。我理解感情方面的事，是世界上最難解釋，想不清、摸不透，更不可能言喻了。

慶幸的是一九七七年，在畫家謝里法牽線下，夏陽認識了哲學博士吳爽熹，雖然她出身台灣優渥家庭，但完全沒有「大小姐」做派，非常樸實、害羞，說話慢聲細語，對物質生活完全不在意，欣賞夏陽安貧樂道的藝術家氣質。開始我們不知道她的尊姓大名一直叫她博士。夏陽告訴我，他們約會很多次了，連手都沒有牽過，一天過馬路，夏陽怕車碰到女朋友，想扶爽熹一下，不料她在街中間來了個舞蹈的空中跳轉，躲掉了。夏陽用手拍著自己的胸口用南京話說：「乖乖隆地咚，嚇了我一大跳！」接著示範來了個空中跳轉，把我逗得笑的直不起腰來。七十年代末，紐約大停電時，博士正好在夏陽工作室作客，結果是「人不留客、天留客！」關係確定後，他們一起粗茶淡飯、有滋有味，簡簡單單清清靜靜的過日子。夏陽的這兩首打油詩可窺見這對中年結髮夫妻的生活情趣：

想老婆子

老婆不見心發慌，坐立不住窗外看，日呆風蠢全無味，傻瓜牽手最好玩。

新戲（西皮搖板）

老夏陽討一個大老婆，她的屁股像泰山，一下子坐至在大椅上，鎮住那宅中小鬼不荒唐，長保健康與平安，一同攜手把生活來闖。

（白）夫人請了。

（白）淘蓋請了。

（共白）今日天氣晴，和我不免出外遊玩一番也就是了（上剎布未介）（同音subway）。

夏陽雖然加入了名畫廊，但畫畫的慢，平均兩年基本上最多只能畫兩、三幅布畫，所以仍然有入不敷出的經濟問題。博士不聲不響擺了地攤在SoHo，除了手工藝品外，也賣自己的畫。她的畫具有個人特殊風格，結合中世紀「聖像畫」和中國民間宗教藝術的特質。此為夏陽敘事打油詩：

擺攤記
取正著全憑歪打　貨攤門前斜搭
呆渾家不聲不響　好遊客照掏照掛　近黃昏收攤收錢
來燈下又數又罵　有朝財神肯幫襯　管教陶朱也氣煞

擺攤後記
正在與頭官書下　收攤回家去吧！

寫夏陽不得不使我想到另外一個關於「安貧」的故事。

一九八二年，朱牧夫婦把一位剛由大陸出來的藝術家陳逸飛托付給我照顧。陳逸飛知道我是他們電影界的老朋友，將他的處境和盤托出。原來他是中國公派留學生，被指定到波士頓學習，但他只想留在紐約發展。住處、學英文、工作都無著落，我馬上想到中國藝術品收藏家王己千先生和我是忘年交，古道熱腸。結果，王己千先生將陳逸飛安頓在自己的公寓中，可在一街之隔的紐約亨特大學學英文，還安排他在紐約藝術品拍賣行中修復西洋油畫得以謀生。不久，我帶陳逸飛去了我的大本營 SoHo，並在那區安排與我心目中嚴肅而有創意的中國藝術家見面，我對陳逸飛說：「到了 SoHo，如果不能見到夏陽本人和參觀他的工作室，那才是遺憾。」夏陽工作室在舊倉庫四樓，沒有電梯，踩在岌岌可危的樓梯上，在光線幽暗中爬著爬著，樓梯左邊赫然出現一對大紅春聯和門神，那就是夏陽工作室的門。進去看到了高而狹長的長方形統艙，夏陽夫婦一壺熱茶熱情地接待了陳逸飛，參觀工作室時夏陽講述作品本身是創作者最重要觀點，並提供紐約的生活和藝術經驗。兩老優哉游哉送我們到門口，萬萬沒有想到一出大門，陳逸飛就對我說：「怎麼夏陽生活這麼貧困潦倒？坦白告訴妳，如果是這麼低的生活質量，在紐約混還不如回中國，那裡日子舒適多了……」我無言以對，只簡單說：「夏陽是位安貧樂道的藝術家。」立馬瞭解到陳逸飛不可能「安貧」，他們是對生活、對藝術追求極端不同的兩路人。

一九九二年，夏陽夫婦決定「還巢」——回台灣定居，見面的機會少了，有機會去台北總是要設法和老友相聚。記得一次我住在好友文建會主任鄭淑敏家，由我口中她知道夏陽回台灣了，設家宴邀約老朋友們，沒想到半途爽熹極度不適，趕緊送去急診室。

才知道爽熹有嚴重的心臟病，這也是他們離開紐約的重要原因，台灣醫保健全，爽熹家人也都在台灣，相對生活會安定些。他們住在台北陽明山，在生活和創作環境安定下，夏陽開始尋根和回歸，畫風題材都有所轉變，但仍然不脫他「毛毛人」的個人符碼，活躍於台灣和大陸藝壇。二〇〇〇年在台灣，夏陽榮獲國家文化藝術基金會第四屆國家文藝獎。

不知道究竟是什麼原因，二〇〇二年夏陽與吳爽熹移居上海。曾經看過他家中有幅對聯寫著，右：觀天必坐井乃踞天井以觀；左：量海宜用斗是取北斗來量。不禁讓我推想也許對岸的空、海、陸都寬闊多了，便於舒展？

每次有機會去上海必去探望夏陽夫婦，跟他們在一起談家常好放鬆、舒適，兩個人與世無爭、隨遇而安的生活態度，在上海這個紅紅火火的大千世界裡有點另類的獨樹一格。不幸的是爽熹於二〇一四年二月因心臟病突發故逝，大家都很擔心夏陽的境況，但鞭長莫及愛莫能助。我則相信時間是一切……

同年秋天，跟媽媽去中國旅遊，終點站上海，夏陽一聽江伯母駕到，非要接待一番，適巧他在上海博覽會有展覽，主要展出他的新作品，母女有他相陪，先去看展覽，巨大的銅雕門神把守在大門入口處，好獨特的另類毛毛人，威風八面又有笨拙、童真的淳樸，

2014 年夏陽、江巫惠淑、江青在上海博覽會門神銅雕前

我大呼棒、有趣。夏陽告訴我：「這類作品也只能在此地做，自己年邁，無法再搬動大件材料，也不能再爬高弄低，非得有助手和學生幫忙。」他老年喪偶，但絕口不提我也不忍心問，那天看他興致很高，為自己在藝術創作上又超越了一大步充滿自信。看完展覽後他非要請我們母女晚餐，餐桌上他說：「伯母妳挑貴的菜點，現在不像在紐約，我口袋裡有錢了！」說得那麼直白，臉上一副憨厚樂呵呵的表情，聽的我一陣心酸。

最後一次和夏陽見面是二〇一八年秋天，我在上海聽說王安憶的另一半身體欠恙，去她家探望。跟她說好有約在先不在她家吃晚飯，看天色漸晚起身告辭時，主

2018 年上海，夏陽、王安憶、江青

人要知道我的目的地好幫我叫車，查看地址時，我無意間透露是去夏陽家。大概是作家的好奇心驅使：「唉——怎麼我認識的很多朋友到上海來都異口同聲的一定要去看夏陽？他是何方神聖？」「妳要是有興趣可以跟我一起去啊，非常有意思的一位好人、好畫家，妳會喜歡他的……」那另一半也鼓勵王安憶認識新朋友。王安憶說：「家裡阿姨剛剛包了薺菜大餛飩，吃飯時間了我們就帶過去，怎麼樣？」我是個不會客氣的人，馬上接口：「拿著吧，新鮮薺菜國外吃不到。」其實是我嘴饞想吃家鄉味。

到了夏陽家，還是老樣子，自從太太爽熹往生後，似乎夏陽又回到我在紐約認識他時的光棍生活狀態，家裡不修邊幅、冷鍋冷灶。

我互相介紹了名字，夏陽就拉了凳子請客人坐，說：「剛在台北市立美術館開了《觀．遊．趣》個人回顧展，才回來上海，一時之間還沒有恢復『元氣』，最近沒有作畫。」王安憶自告奮勇當廚娘，發現冰箱中空無一物，只能下了餛飩後放在醬油湯中，我建議夏陽打電話叫幾個冷盤好喝酒時吃，夏陽說：「有餛飩吃夠豐富的了，哎——妳還是這麼浪費？」被主人一頓批，想老友心情一定不佳，隨他的意願吧。

餛飩吃完後，他拿了這次展覽的畫冊請我們看，夏陽說起畫畫這檔事，眼睛仍是一閃一閃的晶亮。突然恍然大悟：「哎——妳帶來的這位朋友是不是很有名的作家？」我點頭，「啊，對不起，最近有點老糊塗了，趕快趕快！」說著就去翻找可以送給貴客的見面禮——展覽畫冊。王安憶翻看畫冊時，我趁機問了夏陽：「博士走了，這些年是不是日子很難熬？」他平靜的答：「妳應當是知道的，藝術家最大的好處是情感有所寄託，人走了固然難過、神傷，但寄情藝術創作可以排懷遣憂。妳看我蠻好，就放心罷！」溫厚的招牌笑容掛在臉上。我們互道珍重、相擁道別。

寫到這裡忽然想，真巧了，這幾天紐約酷熱「夏日炎炎似火燒」，正好我在寫夏陽這位「安貧樂道」的毛毛人。遙祝老友今後如此首自創打油詩：

天
行健
如奔馬
汗發寶光
比龍動靈飛
追踏時空蹄下

（二〇二一年七月七日於紐約）

《泥娃攤》
油彩／畫布
57.2x81.5 cm
1957

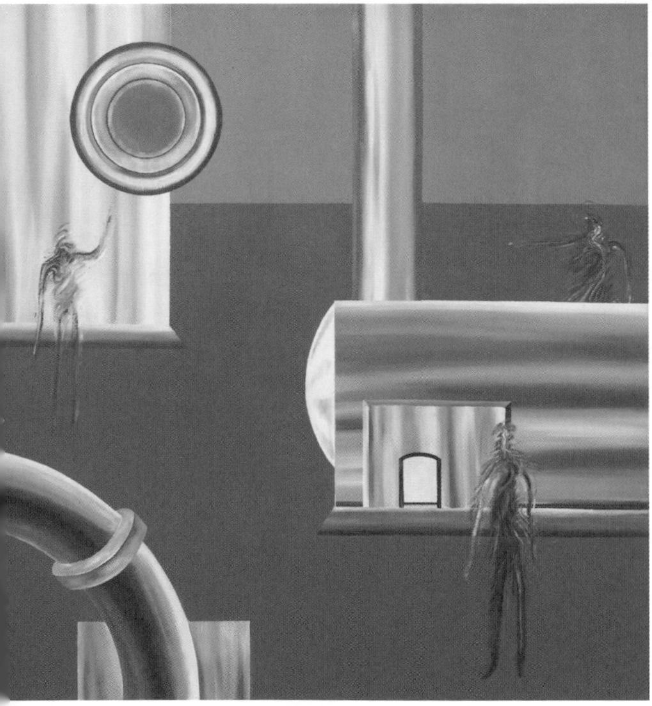

《工廠》　綜合媒材／畫布
97x97 cm　1967

《演說者》　壓克力顏料／畫布
183x183 cm　1971

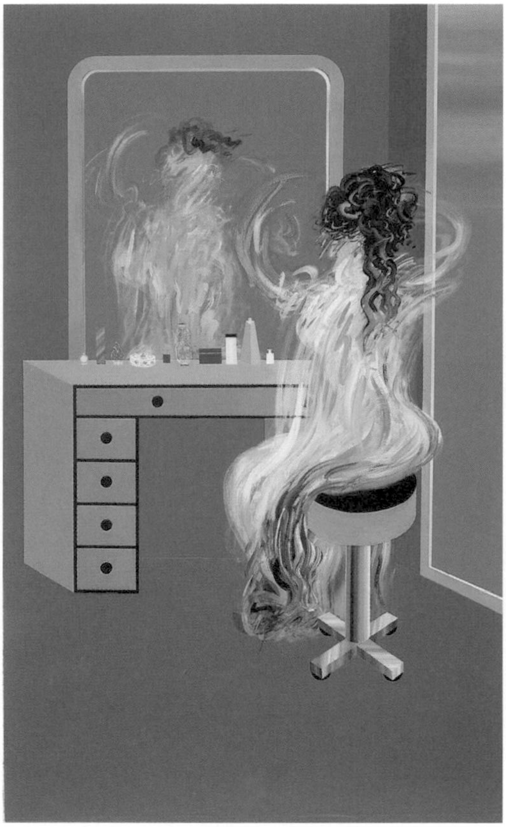

《晨妝》　壓克力顏料／畫布
183x112 cm　1991

《太子爺》　壓克力顏料／畫布
183x112 cm　1990

《出關》　剪貼／畫布　130x194cm　2002

《無量壽佛》　壓克力顏料、剪貼／紙
214x121 cm　2006

《舉雙手的人》　銅　60x27x13 cm　1999

# 胡作非為說未未

七月中旬應艾未未邀請去了葡萄牙近十天，看了他的兩個展覽：先在Porto（波爾圖）Serralves De Arte Contemporanna（塞拉維斯當代藝術博物館）「Intertwine」（交織）的佈展，並參加了開幕式宴會；後去了里斯本在Cordoaria Nacional博物館看了他在葡萄牙的第一次回顧展「Rapture」（狂喜）。住在他Montemor-o-novo莊園家中那幾天，除了一起買菜、採果子、聊天外，有幸拜讀了部分今年十一月二日即將由Penguin Random House出版的回憶錄*1000 years of joys and Sorrows*《千年悲歡》。二〇二〇年三月初，由於疫情，羅馬歌劇院他任導演我任編舞的歌劇《杜蘭朵》停擺，分手後一直沒見，這次歡聚後回到瑞典，想寫下見聞和感思。跟未未長期以來的接觸，他走的藝術道路，對社會、公民的的責任心，

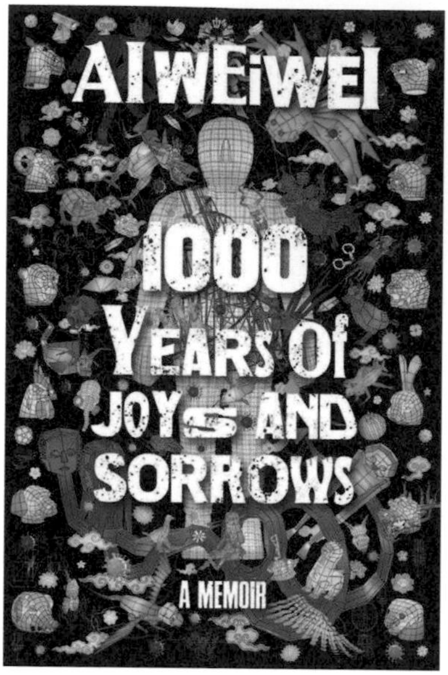

艾未未《千年悲歡》封面

所表現出來的率真勇氣，永遠是個行動者，我欣賞也敬佩。想他一路走來的人生道路手姿多彩，連日常生活也都風風火火，如此不滿社會現狀而會用作品表達和「折騰」的一個人，用「胡作非為」當代表他的作風、性情、思路、創作。

塞拉維斯當代藝術博物館「交織」展期為二〇二一年七月二十二日～二〇二二年七月九日。介紹展出的作品：

展覽圍繞「樹」作為生物現象和隱喻的概念展開。艾未未很早開始創作與樹木有關的藝術作品，二〇〇九年他在慕尼黑藝術館展出了約百件巨大的中國南方樹根和樹枝，我在北京前波畫廊以及紐約 Mary Boone、Lisson 畫廊看過未未的作品《根與枝》，是將砍伐的樹木的不同部分連接在一起，創作出完全原始形式的樹雕。有些樹雕先製作出模型，然後用鐵鑄成。這次在他家中室外又看到堆積如山的橄欖樹根待製成藝術品。他表示樹木涉及全球化對環境生態系統的影響，人類、植物和動物之間的關係以及人類在地球上的足跡。

艾未未工作室夏星此次負責佈展，他說完成這件藝術品 Pequi Tree（佩奎樹）用了近三年時間，作品體積 11.5 x 9.8 x 32.4 米，重逾五十三點七噸，裝置佈展就需要近一個月時間。

緣起於二〇一七年，艾未未在南美考察人文、生態，在巴西亞馬遜雨林中遇到了樹

巴西樹齡超過一千二百年的佩奎樹

Porto 博物館公園中的鐵樹

裝置，樹，吊起的樹幹

齡超過一千二百年的佩奎樹。那棵奄奄一息的空心巨樹，外表看來已經枯乾接近死亡，但仍然有生命跡象：內裡有小動物棲息，掛在樹幹上稀稀落落的藤蔓仍然存活著。次年，艾未未決定派團隊去雨林，用硅膠製作整棵樹的內部和外部不遺漏任何細節的模具，三個多月完成後，運到河北澆鑄成鐵樹，澆鑄工時達一年多、約百人參與製作。未未告訴我這件不可複製的藝術品，在工作量、人力、工期方面都是他創作生涯中最困難，最耗時又最費錢的一件。奇妙的是在模具完成後不久，巨樹轟然倒地，似乎樹有靈，知曉已經完成了自己的使命罷。

開幕時館長強調：一棵南美洲巴西的樹，在原地用硅膠製作成模具，帶到亞洲中國進行鑄造千多塊鐵片，然後在歐洲焊接後豎立起來，首次在波爾圖博物館公園展出。如同賈科梅蒂六十年代的青銅雕塑「Walking Man」《行走的人》這是一棵走在世界各地的「行走的樹」。

從未未口中知道葡萄牙之後這顆樹就要行走到瑞典來了，我翹首以待。

博物館場刊上寫：

經過長期的努力，這棵樹從木頭變成了金屬，從凡人變成了永恆，同時進入了夢境，接近了神話。

這棵三十二米長的樹就像一座紀念碑、一件證據或一個見證人，見證了一個正在消失的時代，人與自然不再和諧共存。

「交織」除了巨樹，還有七個鐵「根」雕（二〇一九年），都單獨或由兩三個不同的樹根組裝而成，它們是森林砍伐和自然原因的殘餘。七個「根」雕每一個都有獨特的

力量（Strength）

宮殿（Palace）

水平（Level）

名稱：力量（Strength）、宮殿（Palace）、飛翔（Fly）、繪畫先生（Mr. Painting）、馬丁（Martin）、水平（Level）、派對（Party）。它們散布在博物館公園中不同的位置。好比一台舞蹈中的獨舞和群舞，傳統戲劇中的「角兒」和龍套的配搭，未未長期不斷的在全世界開展覽，深諳紅花須得綠葉配，相得益彰的究理。

問未未長期以來他用樹和根創作，以及這次展覽用「交織」為題的初心構想由何來？他說：中國文人向有藏石、賞石、愛石的傳統，更像是傳統的文人山水画，強調其意境和觀賞者的心態，在繪畫上藉木石和大自然抒寫胸臆的創作觀和注重文化意蘊的審美觀是相同的而且由來已久。父親艾青一九四〇年春天創作詩「樹」，印象深刻、很有啟發。

樹　艾青

一棵樹，一棵樹
彼此孤離地兀立着
風與空氣
告訴着他們的距離
但是在泥土的覆蓋下
他們的根伸長着

在看不見的深處
他們把根鬚糾纏在一起

未未說：要理解這首詩，需要知道歷史背景，一九四〇年正值抗日戰爭時期，父親正是以詩人敏感的心靈和銳利的目光，洞察到了時代和社會脈搏的動向，託物於樹，讚頌了一種獨立向上，又根鬚相連的團結精神。這首詩熔鑄着哲理式的沉思，以形寫神，把「根鬚糾纏」作為一個民族正在團結並凝聚成堅強力量的象徵。聽後我想：「根鬚糾纏」當就是展覽意象「交織」。

在孩提時代，未未就以鋼筆畫了不少樹和樹林，一九七九年出版《艾青詩集》封面就用了兒子一九七七年的鋼筆畫「樹林」。可以看到樹種早就埋在了未未心中，應時適地的成長，壯大……

室內展覽廳有兩件作品是艾未未在

1977 年艾未未「樹林」鋼筆畫

2018 年作品 MUTUOPHAGIA（互食）圖中艾未未和兒子艾老

巴西創作。艾未未以與他所旅行經過的國家取得融會而聞名，他有濃厚的興趣探索人類最深層的文化根源，瞭解當地的風俗習慣。二〇一八年艾未未去南美巴西，在靈感閃動的情況下「胡作非為」創作了這兩件作品：

**Mutuophagia**（互食）（2018）

彩色印刷品　400×300cm

痛苦與歡愉並存，施捨的同時也是收穫。攝影鏡頭捕捉了傳統互食儀式。艾未未在池中齟嚼當地果實的同時自己也將是被人齟嚼的池中物。作品是艾未未在聖保羅舉辦展覽的最後幾天，與巴西藝術家 Sergio Coimbra 共同製作。兒子艾老也參加在作品中。

Two Figures（兩位）（2018） 石膏，床墊、紅豆 石膏人體：33×105×198 cm / 38×80×170 cm

艾未未希望對巴西文化用不同手段進行立體描繪和呈現。兩位數在巴西文化中暗喻性。艾未未憶起在巴西時曾有過熱帶風情的強烈的夢想，並想實現自己在夢中坦誠相見產生的幻覺。

艾未未和一名傭傭的巴西模特，與來自德國的模具製造團隊合作，模具製造過程約六小時，然後用

2021 年
里斯本展覽
Rapture
（狂喜）海報

2018 年作品 Two Figures（兩位）

2021 年，葡萄牙藍白瓷磚製作的壁畫（局部）

石膏澆鑄。裝置作品中還包括來自南美洲原產的紅豆種子，艾未未記得童年時父親艾青在戈壁沙漠向他展示過同樣的種子。

唐代詩人王維，借詠物而寄相思的五絕詩：

紅豆

紅豆生南國，春來發幾枝。
願君多采擷，此物最相思。

「交織」開展後第二天上午，約三小時車程，去了里斯本看艾未未在「Cordoaria Nacional」個展「Rapture」（狂喜），此展聲勢浩大，今年六月四日已經開幕。從波爾圖到里斯本，一路之上車所經之處，全是宣傳這個展覽的海報和掛著的旗幟。

Rapture這個英文詞有多種含義。它是連接地氣和追求精神價值的超然時刻；同時，它在綁架我們的權利和自由；也可以是伴隨著狂喜的感官興奮。艾未未的展覽內容將這些含義匯集在一起。

在「Cordoaria Nacional」的入口處迎接公眾的是艾未未最著名的裝置藝術作品之一「Forever Bicycles」（永遠的腳踏車），他以流行的自行車文化為靈感，創作於二〇一五年，這次用九百六十輛不銹鋼自行車搭建而成。入內，在四千平方米的室內展廳中，匯集了八十五件作品，展出了一些他最具標誌性的作品，以及四件新作。其中包括不同規模的裝置藝術和雕塑作品，以及視頻：電影和照片。這裡只能選擇性的簡介個別作品：

「蛇形天花板」（二〇〇九），由數百個兒童背包組成的大型蛇形裝置，紀念在二〇〇八年四川地震中遇難的學生；「Circle of Animals」（二〇一〇）由十二生肖雕塑組成的雕塑；「Law of the Journey」一艘十六米長的充氣船組成，和另一艘更長由竹編成的船，船上擠滿了人物形象，展示了藝術家作品中最經常出現的主題之一：全球難民危機。

展出一系列紀錄片：其中「Coronation」（加冕）紀錄片由專業團隊和自願幫助藝術家的市民拍攝，收集了近五百小時的素材，他和團隊將素材剪接成約兩小時的紀錄片。

竹編難民船，背景是藍白瓷磚製作的難民壁畫 ｜ 氣墊難民船

描繪了疫情 COVID-19 在武漢的開始，展示了世界上第一個受疫情影響的城市被隔離封鎖的情景：一個能夠調動巨大資源、不惜付出巨大人力代價的國家，紀錄片是有關武漢新冠病毒的封鎖，但它是在反映中國老百姓的經歷。

二〇二〇年開始艾未未住在葡萄牙，興致勃勃的研究有當地特色的材料：軟木、瓷

2021 年，大理石製，吊墜「衛生紙」（Pendant「Toilet paper」），上掛用汶川大地震學生書包製作的蛇

2021 年「無腦之人」（Brainless）

磚、織物和石頭等，開始融入當地人的日常生活，告訴我去農貿市場買菜最開心，香噴噴又新鮮，葡萄牙農產品鮮用化學品，原汁原味，和當地人一樣質樸可親；他家裡養土雞取新鮮蛋；還津津有味的開始種瓜果蔬菜。他用同樣的態度對待本土文化和傳統民間工藝，與來自工作室的葡萄牙藝人合作。

原創新作品中名為「Pendant『Toilet paper』」（吊墜「衛生紙」），由實心大理石製成的一卷日常用的衛生紙，長度一百六十米，創作靈感來自疫情期間衛生紙的搶購、囤積，從而導致市面上快速短缺。未未解釋說：「對衛生紙的這種無限制需求，代表了人們的不安全感和不信任感。」

新創作的另一件史無前例的作品「Brainless Figur」（無腦之人）由藝術家本人作模特兒製作雕塑，作品用典型的葡萄牙軟木材料製作，沒有顱骨容納大腦的人物——艾未未，腦殘之人四平八穩的端坐在椅子上，想影射、說什麼？每個人有不同的經驗可以有不同的理解和詮釋。

展覽中最新創作的壁畫用手繪瓷磚燒製成，典型的葡萄牙藍白色彩，主題依然是譴責觸目驚心的戰爭、流離失所、逃難和災難。

被國際出版物《藝術報》評為二〇二〇年全球最受歡迎的藝術家，他在「狂喜」開幕的記者招待會上說：「我的作品之所以有意義，是因為我經歷了巨大的困難。但我始終繼續憑著良心工作。」

談到良心，我寫過兩篇文章，二〇一一年四月，當時艾未未從機場失蹤，被關在拘留所中，焦心積慮下寫「一個有良知的藝術家——艾未未」文章結尾：

如今，艾未未已步入中年，不再怒吼揮拳，但仍然激情大聲的把想講的話、該說的道理，毫無懼色、坦坦蕩蕩地表達出來。在作品中，在實際行動中，在可見的媒體採訪中，我們都可以清清楚楚看到，聽到，感受到：他在堅守自己做人的原則，為了信念，不畏付出代價。

另一篇「良心大使、承擔責任的藝術家」，文章介紹了二〇一六年冬天，紐約同時有三個畫廊四個場地展出他的作品，還報導了他在紐約布碌崙博物館（Brooklyn Museum）與古巴藝術家 Tania Bruguera 對談「政治、抗爭與藝術」，文中的對談部分，節錄：

艾未未說：「我不認為自己是『政治藝術家』，用這個標籤對我是個侮辱。如果要貼切的講應當是『行動藝術家』。作為一個人應該對人類社會承擔責任，用自己的行動告訴這個世界，我能做的事，你們也一樣可以做。你做或者表達點什麼來告訴大家，人類社會應該是什麼樣子，沒有這些行動，就不可能有社會良心。每個人必須有行動、有精神上的堅持，這些堅持必須很清楚地表達出來。作為個人，我總是強調「個人」的定義，才讓自己的言論觀點能有如今的影響力。」

未未不同地方的工作室和家我都探訪過，他從來不放任何一件自己的作品在那裡，告訴我：「我不喜歡自己的作品。」實感意外：「為什麼？」他只是聳了聳了肩：「除了展覽，你看過我放任何一件作品在自己的地方嗎？我跟其他的藝術家不同，他們喜歡隨時隨地展示自己的作品……」「嗯——的確沒有，但記得在八十年代，你在紐約東村的半地下室公寓中，掛的全是自己的傑作。」他笑而不語。依我之見應當是距離保持新鮮和美感吧，太近了看不清楚，也容易「膩」。人和人的關係如此，更何況是藝術家和藝術品之間。

艾未未每時每刻的陷入工作中，工作量之大、涉及面之廣、思考之精密，常常令我佩服又咋舌！

我住在他家的那幾天，看他在客廳兼書房中與工作室助手，仔細包送給「念念」志願者要寄出的禮物。今年五月艾未未創作了「念念」，紀念汶川大地震十三週年，這是他的群體藝術實踐項目。將五千一百九十七位遇難學生名字分為二十六個單元，每單元有二百個名字，在全程三十九天中，由志願者在「精英俱樂部」網站（Clubhouse）上，

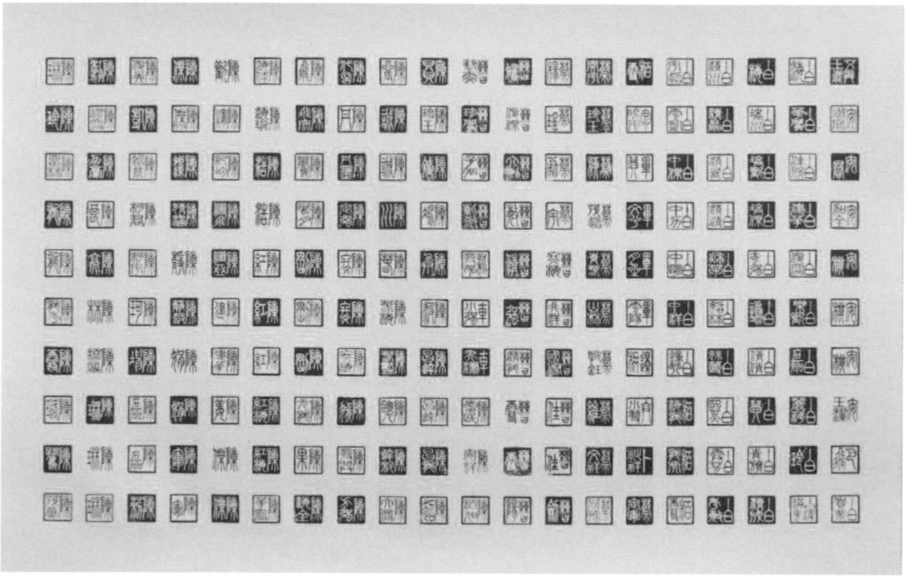

艾未未給參加「念念」志願者，受難者名字刻印圖章紀念品。

分單元持續念出在地震中喪生的學生名字，總計九百三十六小時不斷的音頻，共有三百多位志願者參與，我也是其中之一。之後，他將每個名字刻成印章，每二百個印章排在一頁上，共二十六頁。每個志願者可以得到其中的一頁作為紀念。他和助手跪在地上，包了一份又一份、寫一個地址又一個地址，兩張白色的硬紙版中夾著一頁紙：上面印著二百個名字的紅色印章。知道艾未未工作室花了二個多月製作而成，是未未的作品，是他的承諾，更代表了他誠懇的心意。

一天清晨，看未未在矇矇亮的書房內拿著筆低頭趴在桌前，我敲門進去問：「早啊，怎麼這麼早你就在忙？不打攪了。」

說著正要關門，未未說：「我不忙，妳快坐下我們可以聊聊，我只是趕著給出版社為我的新書 *1000 Years of Joys and Sorrows* 簽名，好寄去給他們裝訂，第一批要簽一萬六千張，妳看……」看到桌上、桌下堆的一攞攞的紙，我說：「那要簽到什麼時候？」「這就是我的休息，簽名不用動腦子……」我打斷他的話：「我絕對不相信，你的腦子是一分一秒都閒不下來的。」未未笑了，我說：「趁你休息，給我講一下這本書吧。」「我前後一共寫了十年，改了無其數次，書的中文名字是《千年悲歡》。我是從二〇一一年之後開始寫回憶錄，那年我被當局祕密拘留，在拘留中，我試圖回憶過去，回想我與父親的關係，所以我決定如果拘留結束了，我將開始寫我的回憶錄，試圖寫下發生在我父親那一代以及我身上發生的事情，我想把它留給我的兒子，這樣他就不會有我有的那種遺憾。讓他記住並了解在他的祖父和父親身上真正發生了什麼，還有自由的代價是什麼！……」「我可以看一下嗎？」未未起身到書架上取書交給我：「這是最後的校訂本，妳可以看，不能帶走。」

在最後的幾天中我盡量找時間斷斷續續翻看，全書十九章共四百頁，我讀英文的速度很慢，這是一本需要邊看邊想對我尤其沉重的書，它勾起了我太多的回憶和聯想，未未和父親艾青的經歷似曾相識，因為也是我和家人這一代在中國生活，曾經有過的刻骨銘心的經驗。尤其是我認識未未的父母艾青、高瑛伉儷，那是一九八〇年春天，文革後第一次回北京舞蹈學校教學，母校在陶然亭，於是被安排住在北緯旅館。早飯時，鄰桌男女見我獨坐就開始跟我聊天，知道我是搞現代舞的，男的馬上自我介紹：「我是搞現代詩歌的艾青。」「啊，學生時就愛讀你的詩。」接着幾周，幾乎每頓自助早餐就會在一桌吃。知道他們全家不久前剛由新疆搬回北京，政府在修他家的院子，所以安排他們在北緯旅館住。艾青健談而平易近人，給我留下了深刻的印象。

《千年悲歡》全書文字樸實、簡潔、直接、大膽、深富洞察力而不失幽默和機智；書中配合文字有不少插圖也有照片，是未未憑著記憶將場景勾畫下或收集而來。最使我動心的莫過於未未給兒子艾老的一封父親的家書。

今年十一月二日，未未這第一本回憶錄，將有十多種不同語言的譯本於同天、同步發行，也同時發行艾未未父親艾青的第一本英文詩集。這本艾未未個人回憶錄，實際上講述了一個世紀之久的中國史詩故事，更是一本關於我們世界的書。艾未未的藝術作品和他的言行，打動了世界上千百萬人，相信這本《千年悲歡》也同樣會感動千百萬人。

寫到這裡不禁要提到與未未相干的家事。兒子漢寧在女兒 Selma（中文禮雅）三週歲之際決定與 Samira 登記結婚，原因居然跟疫情有關。因為他們一家三口全被新冠病毒感染過，經歷了同舟共濟的艱辛；疫情之下不是正式夫妻出國旅行困難重重，所以想把生活盡量簡化些。

我左思右想、絞盡腦汁，終於想出最佳結婚禮物——未未的全套二十隻，具有藝術價值的非醫療用途口罩。口罩由艾未未設計，柏林工作室以木版雕刻的技術，將未未最具影響力及標誌性的藝術作品，手工印刷在口罩上，總共有二十款。活動與美國古根漢（Guggenheim）藝術館策展人合作，在eBay上義賣，所得收益全部捐贈給人權觀察（Human Rights Watch）、國際難民組織（Refugees International）、無國界醫生（Médecins Sans Frontières）。漢寧是急診室醫生，父親比雷爾研究血液凝固壞血病，全家一直是無國界醫生組織的支持者，因此沒有比這套口罩更適合給他們作結婚禮物了。幾個月前我由紐約回瑞典，飛機手提箱中小心翼翼提的就是這套口罩，送給他們時，是一陣歡呼、驚喜，打算鑲好後掛在家中作紀念。

買口罩的起因是二〇二〇年春天，在瑞典看到未未就口罩項目向「紐約時報」表示：「我想做些事情，並不想就這樣呆坐等待時間流逝。」我也馬上行動起來，一馬當先外，還發動周圍的親朋好友們支持。我設法直接由eBay寄到我紐約的住所，一年之後才看到，美不勝收之外，口罩既有創意又有意義。在葡萄牙跟未未閒聊時，他頭一次聽到這個故

2021 年 7 月江青、未未在葡萄牙 Porto 鐵樹前

※ 全文圖像艾未未工作室提供

事，馬上想起漢寧二、三歲時，抱他的情境。我們不得不感慨時間的飛逝！

在葡萄牙臨別前，我幹了件糗事。離開里斯本回斯德哥爾摩是晚間的飛機，未未和分子第二天清早要飛米蘭，於是決定當天去附近小鎮海鮮小館午飯，然後一起由鄉間的家往里斯本走。車上我突然發現自己的假門牙不見了，心中直打鼓，想一定是剛才吃烤魚吃得狼吞虎嚥，把假牙吞下肚而不自知。忍不住將擔心說了出來，不料開車的東旭說：「江老師，妳早上起來時，我就發現妳沒有牙。」「不可能啊?!」分子說：「我也注意到了，以為妳不舒服，故意不戴的。」我只好自嘲：「我怎麼今天一天變成了無『齒』之徒呢？」未未說：「我讓人到妳房裡看一下。」果然是安然無恙在那裡，只能笑怪自己粗心大意。

回家幾天後決定用「胡作非為」作文章標題，感到有些不恭，問未未的意見，不料他笑說：「妳愛怎麼寫就怎麼寫，我沒意見，但『胡作非為』可是有妳在先、我殿後，連假牙都可以忘了，相比之下我的『胡作非為』是小巫見大巫！」

（二〇二一年八月十五日於瑞典）

# 揮手自茲去——送傅聰

這篇文章我仍然在依循傅雷家訓給予的指南——第一先做人，來寫我認識的傅聰。何其有幸與他相識五十八載，希望世人在認識一位「詩人鋼琴家」之外，也認識這位富有赤子之心、獨立思考、一生追求精神理想的「人」！

這幾天老天「眼」下雨沒有停過，雨點颼颼敲打著玻璃窗滴答、答滴，令人心碎。天冷夜長的北歐，北風呼嘯搖動著窗外的老松樹，剛才，我站在窗前久久凝視著，耳邊響起傅聰的長嘆聲，哎——！

聊天時唉聲嘆氣是傅聰一貫的情緒表達，他早已養成習慣，習以為常不自覺，他在

2016年江青在傅聰倫敦家門口
（卓一龍攝）

人生的歷程中，憂心的事、在乎的人、承載的包袱、內疚的心結、家庭的巨變、追求的完美，都太沉重、太龐大、太繁多、太勞累……但有幸的是他對音樂的「愛」以及對愛的毫無保留地謙卑和奉獻，精神和理想上無止境的追索支撐了他的一生！

認識傅聰是一九六二年，到香港不久，朋友林楓是上海人，和傅聰在上海是舊識。當年傅聰經常在香港演出，離他最愛的祖國——家和親人，一步之遙但有家歸不得，他對祖國的一切都關心，從政治到普羅大眾的民食民生都牽掛。林楓知道我剛離開大陸不久，就約了傅聰一起在他家聚，傅聰完全是個性情中人，不拘小節、喜怒溢於言表、熱情、透明、真摯、好辯、獨一無二，叼著菸斗講到興奮處，他慷慨激昂、眉飛色舞「哇哩哇啦」的響聲，好像連房頂都可以掀起來。每次有機會相聚都無拘無束十分愉快，講話投機就會投「緣」吧，至今算來有五十八年的「緣」份，不會在二〇二〇年十二月二十八日他生命終止時「緣」盡。這幾天聽他的錄音和看訪談視頻，感到他的腦仍然永遠在思想，心仍然永遠在感受，那份赤誠、投入和對音樂的痴情，無以復加的美和精彩！有赤子之心的人性光輝永不熄滅，會在那裡延續地照耀閃亮！

七十年代在歐洲旅行，不超過二十六歲便可以享受長達兩個月周遊列國的優惠火車票。一九七一年夏天，離我二十六歲生日還有幾個月，趕緊把握機會，由洛杉磯飛往巴黎，第一次踏上了歐洲大陸。在巴黎受到了趙無極的熱忱接待，最佳導遊帶我參觀了巴黎的各重要景點。一週之後第二站是倫敦，傅聰說家裡有許多空著的客房邀我去住，他怕我人生路不熟來機場接了我。

一周的近距離接觸，我才瞭解到在倫敦家的傅聰和在外面巡迴演出中的他，絕然判若兩人，令我十分震驚。記得最清楚的場景是一踏進門，整個屋內昏暗陰氣沉沉，因為家中的窗簾是拉上的，他的表情和語氣也同樣是陰氣沉沉：「哎——我一個人的時候怕陽光、怕亮，妳如果不習慣，自己的那間房可以拉開窗簾，已經收拾好了。」然後遞給我一串鑰匙，要我出入自便，廚房自理，不必理會他的作息時間，他要保證每天練鋼琴八至十小時，其他都沒有心思。倫敦的景點他都沒有去過，所以也無法給我當導遊，又一聲嘆息：「哎——！」看他一臉的苦笑和愧疚的語氣，我不知道該說什麼？

我那時剛剛開始復「功」，在電影界七年沒有練舞，七十年到美國後認識到回到本行舞蹈，才是我自食其力的唯一出路。這個年紀想要復「功」沒有任何捷徑，唯每天獨自苦練，無伴也無伴奏，乾疼、乾累、乾熬，一年下來復「功」的成績使自己恢復了自信，所以即使我在旅行的路上，也不敢有一絲一毫的鬆懈。於是打定主意，傅聰練琴時就當彈奏的音樂是在伴奏，在同一個屋檐下也是個伴，就不會感到復功的乾苦。傅聰欣然同意我這個「餿」主意，當然我不可能練舞八小時，練舞之餘伴著他的鋼琴聲燒上海家常菜，等他一天工作結束歇下來吃飯聊天喝茶（那時我完全不會喝酒）。傅聰離婚後的單身漢生活簡單的出奇，罐頭義大利肉醬、罐頭湯、煮雞蛋，其餘他不會，現在每天有家鄉的熱菜熱湯，有人作伴聊天，他陰氣沉沉的臉好像慢慢地舒緩起來。

傅聰最大的痛苦是一九六六年父母自殺雙亡，巨大陰影始終糾結著他，他不開窗簾不透陽光，完全是在自責自罰作繭自縛，直至他辭世，始終無法走出夢魘、內疚、罪與罰撒下的天羅地網。

那次探訪傅聰有三件事印象最深：其一，聊天時我們在談人生價值觀時，傅聰告訴我父親傅雷的家訓——修身指南：原則是第一先做人、第二藝術家、第三音樂家、第四才是鋼琴家。傅聰說：「我認為這個位置次序排的很對，也是我為人行事的座右銘……」那時，影響了中國幾代人的《傅雷家書》十年後才出版，當年親耳聽傅聰既理性又感性，雙眼發亮的向我道來，這條真知灼見讓我牢牢的記住了。如今，已經五十年過去了，我仍然在依循這個家訓給予的指南，在前行的道路上要求自己。

傳聰跟母親的背影

幼年傅聰與父親傅雷合照

其二，傅聰特別喜歡詩詞，認為毛澤東幾乎是位前無古人、不同凡響的大詩人，大氣磅礡的氣勢和意境完全能與李白比美。朗誦起毛澤東的詩詞來朗朗上口，最愛《沁園春．雪》倒背如流。寫到這裡我閉上眼睛，似乎又看到他洋洋得意孩子氣的神情，高聲朗誦末一句：「俱往矣，數風流人物，還看今朝！」然後感嘆地說：「啊——太好了！奇才！有味道、有氣魄。一位詩人氣質、藝術家脾氣去治國的結果，中國才會被他搞的陰晴莫定一塌糊塗……」我在做學生時毛主席詩詞在文學課本上，非背不可，所以可以跟他對背。但僅僅因為毛澤東是大詩人，其他就可以原諒？一筆勾銷？忘記國仇家恨？他個人的遭遇，父母的遭遇，還有千萬中國人的命運……這點我絕對不能苟同，但跟他辯論，口才決不是他的對手。傅聰黑白分明相當固執，他不巡迴演出時情緒極低落，這樣朗誦毛澤東的詩詞他開心陽光的像孩子，也不是件壞事，他認為的就讓他這樣認為下去吧，開心就好啦，我當時作如是想。

其三，英國藝術評論家Jonathan Benthall是雕塑家蔡文穎的知音，文穎知道我要去倫敦，從紐約寫信要Jonathan 盡地主之誼，Jonathan 知道我住在傅聰家，非常欣賞他的音樂，便建議邀請傅聰同往他家晚餐，意外的是傅聰欣然同意了。

猜想Jonathan 大概拿出了看家本領，做了幾道精緻美味菜色，吃到最後一道甜點時，主人終於可以坐下來陪客人聊天了。彬彬有禮的主人跟傅聰一樣對政治有興趣，他們高談闊論，我英文有限根本插不上嘴。主人小聲細氣而客人聲大氣粗，出乎意外的是，沒談多久，傅聰就按捺不住「光火」，猛的站起來調頭就走，主人束手無策尷尬的站在飯桌邊，我恨無地洞可鑽，只好邊跟著傅聰撤退，邊連聲向主人道歉。回到家中，傅聰邊抽菸斗邊批評：「西方上流社會其實最俗氣，裝模作樣的空談政治、高談文化，談得天花亂墜……」一會兒他又唉聲嘆氣地自責起來。

料想不到的結果是尷尬事居然變成了喜事，不久Jonathan 在一個社交場合見到傅聰前妻Zamira Menuhin，想她會是知音罷，於是把他耿耿於懷的不愉快，跟一位首次相見的人和盤托出，從那次起，他們開始約會進而步入婚姻。Jonathan 對傅聰和Zamira 的兒子傅凌霄勝同己出，傅聰一直慚愧又內疚，後來跟我說：「老實告訴妳，Jonathan 是位紳士，作為父親的我自嘆不如！哎，我更不能跟我父親相比，尤其在督促兒子學習中國文化和做人方面，他盡全力要把我培養成一個德藝俱備、人格卓越的藝術家，他的愛太偉大了。」停頓了一下，忽然又想起什麼：「哎，說給你聽良心話，其實做這樣一個人的兒子太累、太痛苦、壓力太大了，我沒有什麼童年……」「這也是我心中一直想問你的問題，看了《傅雷家書》我很感動，對你父親也佩服的五體投地，可是，你作為兒子應該是會『吃不消』吧？」我問。傅聰隨著吐菸又吐了一口氣：「哎——！」

七十年代末期至八十年代中期，是與傅聰接觸最頻繁的幾年。

一九七九年文革結束後，傅聰回國參加父母的平反昭雪大會和骨灰安放儀式。此後，傅聰開始在中國頻頻演出、教大師班；我也開始經常性回母校教學、演出。在北京時結交了傅聰的好友義大利籍德國鏡報（Der Spiegel）記者 Tiziano Terzani，他熟諳中文、熱愛中國，給自己取了中文名字鄧天諾，太太 Angela 善良又好客加上一手好廚藝，夫妻倆帶著兩個稚齡孩子住在外交公寓中。八十年代初期，我和傅聰工作之餘經常在他們家出入，大家氣味相投無所不談，特別是政治觀點上 Tiziano 和傅聰完全一致，義大利人熱情如火，兩人之間的交往感情是那那麼樣的稚樸，沒有半點功利、虛偽，沒有半點裝腔作勢。Tiziano 喜歡到民間底層採訪，走街穿巷，結果引起懷疑，一九八四年因「反革命活動罪」

1959 年 2 月份倫敦音樂訊息，
傳聰作封面

在公寓中被逮捕，出獄後被勒令驅逐出境，走前他哭得像個孩子，一直說：「我太愛中國了……」傅聰跟我唏噓感傷不已。事件發生後 Tiziano 痛心疾首，不再使用他的中文名字，根據在中國的經驗，寫了《禁忌之門》（*Porta Proibita*，義大利文版一九八四年出版，*Behind The Forbidden Door: Travels in Unknown China*，英文版一九八五年出版）。最近跟仍然在寫作，已經孀居多年的 Angela 打電話，憶往事，我們禁不住在電話中抽泣，Angela 說：「知道聰和 Tiziano 又可以在天國開懷暢聊了！」我說：「我敢保證話題只會是一個——中國！」她破涕為笑：「妳太知道聰啦！」

那段時間文革剛剛結束，北京又恢復了不少民間表演藝術的演出，我特別喜歡，拉他同往，這才發現傅聰藝術趣味很廣，興致勃勃的看演出，無論梆子、皮影、說書……他都看得起勁，眉開眼笑地說：「外國的啞劇差遠啦，怎麼能跟中國的戲曲比？」他欣賞那種原汁原味、大俗大雅的民間鄉土氣息。

一九八二年，在母校北京舞蹈學院為教學排練舞劇《負、復、縛》，邀請了當時還在中央音樂學院學習的譚盾作曲，結果有一次意外的收到與舞劇毫不相干《鋼琴八首》錄音帶，一種莫名的感動，使我馬上產生了要用這音樂編舞的衝動。不久，我打電話給遠在倫敦的傅聰報告，並將錄音寄給他，傅聰聽後喜出望外地告訴我：「嗨，妳看中國還是有人才的！」譚盾說：「三個月後我居然收到了傅聰先生對一個學生的來信，信封裡還有一盒他演奏我習作的卡式錄音帶……。我心裡的傅聰，一個溫暖的好老師，一個偉大的音樂詩人，一個純粹的藝術家和人。」八十年代中期傅聰在巡迴演出時彈奏了《鋼琴八首》，這首曲子我編了舞蹈《回》太熟悉了，但聽他演奏時又感到那麼陌生好像頭一次聽到，他對音樂的詮釋獨到，有重重的弦外之音。

一九八二年，我被邀請擔任香港舞蹈團第一任藝術總監，在香港需要有個固定住處。父母在香港的房產中九龍美孚新邨正好有屋閒置，我就乾脆請好友「小北京」（藝名方盈）把三房兩廳改修成一房一廳，房子裝修的就如其人：簡約、低調、樸素、實用、舒適。

記得入住後不久，傅聰來訪，感到公寓有份安寧、「老適宜」。他抱怨自己整天在跑碼頭，機場——音樂廳——練琴，苦不堪言；我當然瞭解他的苦，自己也是機場——劇場——練舞。當時「江青舞蹈團」在紐約，所以與香港政府的合約是四次來回，一年只需要在香港工作六個月，時間由自己安排。於是我給了傅聰一套鑰匙，告訴他只要我不在，任何時間他都可以來使用。傅聰馬上拉著我租了架鋼琴搬來我家客廳。美孚是普通老百姓住宅區，他毫不在乎，說這樣最好接地氣，自己在香港經常有活動，比起住旅館愜意多了。

那幾年，我們還一起合謀了一起重要的事。魏京生曾在北京西單民主牆貼出《第五個現代化》大字報，傳聞貼大字報之前，他是做了被槍斃的準備。一九七九年三月魏京生入獄，罪名是反革命和陰謀顛覆國家，當年十月他在法庭上為自己辯護的陳詞，被劉青偷錄後發表，劉青因此也被捕。對他的陳詞傅聰推崇備至，欽佩他的勇氣、智慧與做人的意志和尊嚴。音樂之外傅聰最大的興趣是政治，在討論中國民主問題時，傅聰尤其情緒激動剛烈無比，因為他太愛中國了，而中國的政治對他有切膚之痛，纏繞了他一輩子。那種與生俱來悲天憫人的寬厚，使他為這件事心焦如焚，知道魏京生被單獨囚禁，在監獄中始終沒有屈服作自我批判，更加大聲疾呼：「這位年輕人有思想、了不起、中國有希望了！」不止一次的對我說：「如果可能，我願意代他去坐牢！」於是我們想到呼籲魏京生得諾貝爾和平獎，也許可以使他重獲自由。於是我們發起了收集簽名活動，開了郵箱便於收發郵件，在紐約我還介紹了老朋友王浩教授與傅聰見面，他是世界著名的邏輯數理哲學教授有資格提名，總之在我們的能力之內竭盡所能做了許多工作，最不喜交際應酬的傅聰也破了例，企圖說服周圍的人……雖然最終事與願違，但我們感到盡了做「人」的責任，出獄後魏京生輾轉知道了這件事，在倫敦時去傅聰的家拜會了他。

他數十年家國情懷和獨立知識分子良知，同樣表現在八九年六四天安門事件上。那年春天四、五月份時的學運給了他最大的希望，他牽腸掛肚無心練琴，心掛在北京天安門廣場上，那一段時間我們幾乎每天不止通一次電話，他繼承了父親的剛烈感性，但又能從歷史的客觀角度看中國問題，電話中他不厭其煩的分析各種可能性和可行性，憂心忡忡地擔心中國知識分子沒有政治智慧、太天真不懂手段……六四可以說給了他一個徹底性的幻滅。這之後，掛社會主義羊頭賣資本主義狗肉的實用主義，讓他越來越不能接受，對這個世界越來越不滿意，常表示：如今的社會物慾橫流沒有精神價值，為這個世界上齷齪、不公平、已經沒有良心和是非而痛心。最不能讓他理解的是很多音樂家居然能把「我」字當頭，放在音樂之上。

1981 年傅聰和傅敏在後台

一九七九年傅聰、傅敏兄弟分離二十一年後重逢，因為父親打成右派，傅聰出走，使傅敏受盡煎熬和打壓。傅聰對弟弟的遭遇萬般不捨，也怪罪自己，感到虧欠太多，希望能盡力彌補。傅敏是位好英文老師，於是傅聰邀請弟弟到英國住一段時間進修。在傅聰家裡，傅敏看到了哥哥珍藏的父親來信，於是開始細心、耐心地一封封整理，沒有傅敏不懈的努力，相信我們不可能看到影響了中國好幾代人的《傅雷家書》，樓適夷先生在序中說的最精準：「我們不是看到傅雷為兒子嘔心瀝血所留下的斑斑血痕嗎？」《傅雷家書》從一九八一年第一次出版開始到現在已經印了幾千萬冊。傅聰曾經跟我說：「這完全是傅敏的苦勞和功勞，這方面自己太不像話，只曉得練琴，版稅所得應當一概全歸傅敏……」

記得一九八〇年我隨丈夫比雷爾去倫敦開會，兩兄弟到旅館來看我們，才知道傅敏在倫敦已經住了相當長一段時間，而哥哥練鋼琴永遠是首要任務，所以倫敦的名勝古蹟弟弟一個都沒有去過，比雷爾一聽我在埋怨傅聰「不近人情」，馬上不假思索地對傅敏說：「你就跟我們一起玩罷。」傅聰直誇比雷爾是「濫」好人，就這樣傅敏跟我們一起當了幾天倫敦遊客。一起玩時傅敏聊到了整理信件時的複雜心情，看了信才知道父親對傅聰如此偏愛，他說沒想到哥哥去國這麼多年，現在比起爸爸來更極端、更固執、脾氣更暴躁，父子兩人的個性太像了，而那種強烈的民族自尊心傅聰是有過之而無不及。

二〇一三年十月二十七日，在上海浦東海港陵園福壽園，傅聰、傅敏兄弟兩人合寫悼文送父母骨灰入土，青白色的墓碑上鐫刻著傅雷當年寫給傅聰的信中的一句話：「赤子孤獨了，會創造一個世界」。悼文由傅敏

傅聰（左）、傅敏在 2013 年入土儀式中

左起傅聰、張大千、許博允在台北

念：「爸爸媽媽，今天你們回來了。四十七年前，你們無可奈何地、悲壯地、痛苦地、無限悲憤地離開這個世界，離開我們，離開了你們無限熱愛的這塊土地，離開了由這塊土地呈現的你們無限眷戀的文化。但是，你們的心一直活在我們的心裡，我們永遠懷念你們。你們一生的所作所為，你們那顆純淨的赤子之心，永遠在激勵著我們，一定要努力，要把產生這個悲劇的根源鏟除掉！」傅聰對採訪者說：「我說不出話，只想控訴！」

最後一次看見傅聰是二〇一六年，我為了寫《說愛蓮》赴倫敦收集材料兩次，他跟戴愛蓮先生在倫敦是

1981 年左起傅聰、凌雲、卓一龍、傅敏、史大正在北京

打橋牌牌友，一九五三年參加東歐「世界青年聯歡節」時就相識，激賞戴先生依心而行、率真的性格。我住在他家，才意識到傅聰練琴的時間更長了，至少每天練十二個小時，早上七點聽到琴聲就知道他已經開始了，早餐後他帶罐酸奶加一個水果上樓當午飯，要到開晚飯了，才會下樓來，有時還要叫幾次他才會停止練習。他解釋年紀大了手指越來越不聽使喚，越彈越覺得音樂中的學問無止境。他家裡三層樓共有大小六架鋼琴，彈累了就換架鋼琴彈，這樣就不會感到枯燥。太太卓一龍是位非常出色的鋼琴演奏、教育家，在英國皇家音樂學院任教，很心疼傅聰每天這樣勤學苦練，感到完全沒有必要，因為開始學琴晚沒有童子功，而如此折磨「懲罰」自己，傅聰我行我素當耳邊風。卓一龍私下要我去勸解，我當然可以用舞者的經驗跟他談過度練習對身體的傷害和勞損，傅聰一聽就猜到一定是卓一龍的主意，就會大發雷霆，我說：「你就是一枚炮仗，怎麼一點就炸。」

那段時間晚飯之後傅聰都在客廳一角，批閱胡明媛研究傅雷的英文博士論文「Fou Lei: An Insistence on Truth」（傅雷：堅持真理）。他說胡明媛注入了心血，研究細緻入微，在核定的過程中，自己對父親的瞭解有了新的高度和深度。這篇論文傅聰花了相當多的時間和精力認真與作者研討磋商，成書後他很慶幸，以為這篇對傅雷的研究論文，為讀者開闢了一個全面性和全新的視野。我想這就是兒子傅聰的擔待，他早已經不是《傅雷家書》中的男「孩」了，如父母天上有知，定會無比的驕傲和欣慰吧。

疫情期間想到有陣時間沒有跟傅聰聊天了，十月周日晚間打電話去問候一下，太太卓一龍接聽，說傅聰已經早早休息了，我十分納悶，因為晚飯之後一般他看網球，是令自己放鬆的時刻。卓一龍告訴了我傅聰近況，耳朵失聰，而由於背部兩次開刀後無法練琴很沮喪，最糟糕的是他開始對一切採取自暴自棄的態度，反映也開始遲鈍起來。唯一使他開心的是二兒子凌雲和媳婦朱慧明給了他第一個孫子傅凌波，是傅聰給起的名字，那天孫子周歲生日，來祖父母家一起慶祝，傅聰心花怒放。那天卓一龍又自責她的中文不行跟傅聰交流有欠缺，希望我作為老朋友多勸解勸解他，不要如此悲觀和抑鬱。臨掛電話前她加了一句：「明天傅聰跟妳打視頻電話時，妳要做好精神準備。」聽後我心裡一沉。

第二天中午傅聰與我在視頻中通話，他的頭髮依然如故梳理得紋絲不亂，但人顯憔悴，目光已經失去了往日的炯炯有神，互相用上海話問候後，我問：

「你每天忙些什麼？如何打發疫情期間的時間？」

「我不能彈琴就不能思想，如同行屍走肉！」傅聰苦笑著說。

「不要胡說八道，你才八十六歲年紀不大，我媽媽九十九了，腦子還很清楚，生活還能夠自理……」

他打斷我：「妳怎麼那麼清楚我的年紀？」

「對我最容易啦，還記得你慶祝五十歲生日時在倫敦的演奏會請了我嗎？那年我懷孕，我兒子漢寧的歲數加五十，不就是你的年齡了？」

「哎呀——老了老了，我現在跟妳通電話要用助聽器，對音樂家來說，兩個耳朵都聽不見了，真可怕！」

「記得你七十時，還說：『我怎麼覺得自己像十七呢？心裡上真的不覺得自己老！』你應當永遠保持這樣的心態。我也老了，現在就是得設法自得其樂。你現在不需要練琴了，有的是時間可以找些以前想玩、想做，而沒有時間去做的事做，活得輕鬆些嘛。」

「不能彈琴我真的不知道該幹嘛？一早起來晃晃悠悠，腦子裡一片空白過一天。很奇怪，一不彈琴連音樂都怕聽……」

我倒抽一口冷氣：「這怎麼可能?!我看你氣色不好，每天在做氣功，可以幫助你恢復……」

他打斷我講話：「哎呀，我記不得練氣功的程序了，真的，什麼都不記得了。」

「你練了氣功近二十年，程序又不複雜，怎麼可能忘了？那打太極呢？」

「忘了，什麼都不記得了，哎——」

聽到他唉聲嘆氣的聲音，想到傅聰最關心中國知識分子的狀態，我就轉了個平日他最感興趣的話題。

「哎，你注意到了沒有？中國老百姓這一次對美國的大選怎麼會那麼關注？一些人言論之極端、荒謬得不可思議，邏輯思維也太不可理喻了，怎麼會如此離譜的沸沸揚揚，你怎麼看？」

「什麼，妳在說什麼？我聽不懂？」

「我在說川普，美國總統川普。」

「誰是川普？我現在什麼都不關心，也什麼都不想知道。」

「嗯——?!」

我意識到這個題目無法繼續討論下去，就又轉了個話題。

「你有這麼多豐富的人生經驗，那麼多故事，一定要寫下來，至少錄音錄下來，沒有人可以寫你，太複雜了，也說不清楚。這不是一個有意義的項目你可以慢慢做嗎？」

「哎呀——百年之後人家愛怎麼說我，反正我也管不了了。相信百年以後，說我的事情一定有很多莫名其妙的、亂七八糟的、毀譽不同的說法，反正這些都是身不由己、身後名利的事，哪能顧上這些？都無所謂了！」

我不知道該說什麼，想到了《傅雷家書》英文翻譯出版的事，他一直很上心，問他情況，不料他回答：「哎——結果困難重重沒有能夠出版，但現在我認為已經過時了，哎——應當就算了吧。」

十二月十二日接到卓一龍電話，說自己三天前和傅聰同時因新冠肺炎入院，今天出院了，但傅聰大概要等到二十三日聖誕節前出院。我問了詳細情況後告訴了兒子漢寧，他在一線急診室當醫生有經驗，說聽情況應當出院沒有問題，要我不要急，我如實轉告卓一龍要她心寬。

出院的時間一天天延後，我的心也一天比一天揪緊，二十八日上午與卓一龍通了兩次電話，她說下課後下午就去看傅聰，然後會給我電話，結果當晚接到的是卓一龍證實傅聰去世的消息……悲痛震驚之餘，我們認為：能想像傅聰願意繼續活在一個沒有音樂的世界裡嗎？

這幾天經常跟卓一龍聯繫，使我感到釋然的是她有音樂作伴療傷：堅持仍然教鋼琴課可以忘悲；撿起多年以來，因為照顧傅聰而擱置下來的彈琴可排除孤寂；聽傅聰的錄音可以領略到以往從未體會到的音外之意，在樂聲中無盡的緬懷。這正印證了傅聰多年前跟我談心時說：「無論我感情生活有多豐富，最後還是會選擇音樂第一，跟可以在音樂上當我老師的卓一龍一起，相持走在一條路上。」

卓一龍告訴我，將於一月二十日進行火化，只通知近親，選傅聰此生最喜愛的三首樂曲播放，伴送他駕鶴「東」去！四十五年前一九七五年一月二十日是他們相識之日，選這個日子是永遠的懷念。

傅聰熱愛中國古詩詞，那天我會默悼一首詩——送傅聰。

《送友人》李白

青山橫北郭，白水繞東城。
此地一為別，孤蓬萬里征。
浮雲遊子意，落日故人情。

2018 年聖誕節傅聰全家福。右起：傅聰、張筱青、卓一龍、傅凌霄、傅凌雲和朱慧敏。

揮手自茲去，蕭蕭班馬鳴。

傅聰一生都在追求完美，但他堅信世界上沒有完美，沒有完美的人生、沒有完美的理想、沒有完美的境界、沒有完美的藝術、沒有完美的音樂，沒有……完成完美唯有死亡。那麼現在他完成了完美，可以安心長眠了。卓一龍和傅敏都認定唯有中國才是傅聰理想的長眠之地，他深厚的中國情懷，他血脈中流淌著跟他分不開的中國文化，故土難離，唯有回到他夢寢難忘的父母身旁才能長眠安息！

（二〇二一年一月九日於瑞典）

# 余思余念——悼余先生英時

不敢相信、不忍相信、其實是不願相信余先生英時遠行了！相信他走的安穩，在睡夢中行遠。相信現在余先生睡在那，父母在那，家在那，中國在那！更相信那個自由民主的歸宿地原本是他畢生追尋的夢鄉！

八月五日清晨獲得消息如五雷轟頂，強制自己定下神從瑞典給 Monica（余太太陳淑平）打電話，幾次都無人接聽，相信言語此時完全失去了作用也毫無意義，只能託我的表弟妹利平從紐約送上一盆花聊表心心念念！想到五年前，我的貼心朋友高友工去世，他們從普林斯頓送了一盆紫色的薰衣草和一雙可以加熱的保暖襪給我，花店卡片上居然署名：友工送！看到這盆花我立刻給體貼入微、充滿人性關懷的伉儷打電話致謝：「謝謝天上送來的花，天使送來的溫暖襪！」

我和余氏伉儷相識整三十年了，一九九一年台灣時報文化出版了我的第一本書《江青的往時往事往思》，搞舞蹈的人初次「舞文」戰戰兢兢，書出版了還是不敢「拿出手」，在友工授意下，我鼓足勇氣給在普林斯頓大學任教，著書立說不休不懈的余英時教授伉儷送去。余先生與友工在普林斯頓同事，哈佛大學同學，都師從楊聯陞教授，私交甚篤。記得我送書時還邀請了淑平下週來紐約看大都會歌劇院《杜蘭朵》，我任此劇編舞可以拿免費票。要看戲的當天中午，接到余先生電話：「淑平不舒服今天不能來了，抱歉，她要我打電話跟你講一聲。」「怎麼病啦？」經我問，余先生才笑著道出淑平不舒服的緣由，原來是被我的書「害慘」，好幾晚連著看書她沒有睡覺，搞得她暈暈乎乎。我只好喊罪過！

從此我和他們伉儷結緣，我既無膽更無識，不自量力地去介紹余先生的學術天地，只是高山仰止的讀過他的一些著作，聽他深入淺出的談天論地。這裡只能平實的記下我印象較深的幾件往事，表達余思余念。

由於余先生一貫對文化、社會有關懷有擔當的寬厚胸襟和情懷，雖然他是一位純粹的學者，但一貫以天下為己任，一直強調人要有精神追求，一定要建立價值體系思想觀。他在訪談中經常談良知的問題：知識人有沒有尊嚴，就是你自己對於自己良知是不是肯負責任！良知的驅使，使他義無反顧地幫助了一批八九年流亡的知識人度過最艱難、徬徨的歲月，余先生找普林斯頓大學校董，中國傳統書畫收藏家約翰·艾略（John Elliott），談「有家歸不得」的民族悲劇，談時憂心忡忡、情不自禁當場淚下。約翰告訴我他被震動，平時他對余先生的學問、人格敬仰且推崇，在這樣的情境下，約翰義不容辭的慨捐一百萬美金，助余先生「養士」——創立「普林斯頓中國學社」，成立了另類的學術研究中心。我和學社有些人相知，他們中國情結濃厚根扎得深，根越深越經不起移植。余先生無異的是這批流亡者，在艱難、徬徨歲月的支柱、榜樣，以身作則讓他們真正感悟到什麼是傳統中國文人的溫良恭儉讓，是他們的典範和精神導師。

一九九二年，瑞典斯德哥爾摩大學東方語言學院中文系召開國際學術研討會「國家、社會、個人」，不世出的史學泰斗余先生英時和夫人應邀出席。我邀得余英時夫婦會前來我家晚餐，目的可以讓劉再復單獨跟余先生談申請研究經費一事。余先生因憂心海外漢學研究式微，成為「蔣經國國際學術交流基金會」主要推手，這是一個面向國際的學術獎助機構，以「純學術」定位，且以「中華文化」作為研究核心，劉再復是知名流亡學者，完全符合申請條件。不料再復提出來要我邀請李澤厚也來參加。

余氏伉儷先到我家，我坦誠相告：雖然我和比雷爾有心盡地主之誼，但今晚實在是有要事相求，請他們諒解我的「別有用心」。頗感意外的是整個晚上李澤厚目不轉睛地對著余先生一人唱「獨角戲」，根本沒有給再復講話的機會，當主人的我和比雷爾更如隱形人。我曾是李澤厚忠實的讀者，但學問再好，哲理再深，既無品又無德不敢領教。余先生對人寬容又寬厚，給他們兩位創造了這段六年「學緣」：劉再復在科羅拉多大學東亞系（University of Colorado at Boulder）擔任客座教授，李澤厚則在科羅拉多學院（Colorado College）作研究，近水樓台他們合作了不少著作。

多年後，這件事引出一個尾巴，二〇一六年為慶祝《明報月刊》五十周年，編輯知道我跟余氏伉儷相識，託付我給余先生做個專訪，我欣然接受，並將專訪「中國必須回到文明的主流」納入《回望》書中。後來，感到很有必要將我所認識的余氏伉儷寫篇「古道熱腸」，所謂由小見大，讓讀者可以感受到他們溫潤、溫暖發出來的人性光輝。

十多年來我出版了幾本書，有機會時會給余氏伉儷送去。他們為人正直熱情，興趣廣泛，我們在一起無拘無束閒談往事、個人經歷，回憶共同認識的朋友們。如果余先生有新書出版也會送我一冊，每次他們都會勉勵我要勤筆耕，有他們的鼓勵當然勵我志。寫完「古道熱腸」後，需請當事人先過目，意外的接到余先生電話，要我筆下留情，非

1992 年，瑞典斯德哥爾摩大學東方語言學院中文系召開「國家、社會、個人」國際學術研討會，與會人士合影，最前排右三為余英時，左二是高行健；最後排左二為劉再復，左三是李澤厚。

2016 年 10 月，作者在余英時家採訪。

要我把批評李澤厚的段落刪掉。我刪了又刪，幾次之後，余先生才勉為其難的通過我的「浮光掠影」一筆帶過。當然有機會讓余先生三番兩次改我的拙文，也是一大榮幸。

那天我為《明月》採訪了余先生後，講到友工身體欠恙令人擔憂，第二天余先生給友工撥了電話，兩個人天南地北愉快的聊了半個多小事，三天後友工作古。余先生悲傷之餘又感到欣慰，告訴我因為他們之間平時不常聯絡，尤其是退休之後。那天，大概是心有靈犀一點通罷，長談暢談似乎是在向老朋友話別。想來他們二位都一樣不拘小節，為人體貼、謙虛、隨和，但人生態度卻南轅北轍——高友工一輩子獨善其身，大智若愚；而余先生英時一輩子任重道遠，若愚大智。

友工是在家中走的，我在第一時間得到噩耗後立馬聯繫余氏伉儷，普林斯頓大學校長室教務處發通告：為友工降半旗三天，以示悼念。高友工紀念會於二〇一七年春天在普大舉行，余氏伉儷參加了，還帶去了余先生早就寫就的輓聯「人奉高名非所取，天生清福不須脩」，好當面送給友工姐姐。事後還特別囑咐我：「等友工墓地修好時不要忘了替我們獻上鮮花，燒掉複製的輓聯。」三年後友工墓地就序，友工的忌日我備花去了紐約上州 Syracuse 橡木墓園，這是他自選的長眠之地：母親身旁。那天淒風苦雨，要點燃火燒輓聯幾乎是不可能完成的任務，結果等到深夜，風靜雨停還是做到了。現在知道余先生已經入土為安，長眠在普林斯頓父母身旁，跟友工一樣，做到了具有文化含意，不同意義上的「落葉歸根」！自由的靈魂好好安息吧！

去年席捲全球的新冠肺炎病毒噬掠大地，初期，瑞典不當的防疫政策，醫療設備的匱乏，導致極高的死亡率。兒子在一線當醫生，使我惶惶不可終日，只好集中精神、坐下來、靜下心、埋下頭，寫！

爾雅出版社答應我在二〇二〇年慶祝出版社成立四十五週年時出版《我歌我唱》，想到這次要麻煩余先生了，於是寫：

余英時、陳淑平伉儷2017年送給作者的合影

淑平大姐、余先生英時：

二位安好！

我是喝了點酒，壯了膽、鼓足了勇氣寫這封信給你們。

想懇請余先生給書名《我歌我唱》題字，但想想也許這個要求有點過份，余先生年事已高，要做的事如此之多……

寄上書的目錄，余先生量力而行吧，千萬不要勉為其難，您的任何決定我都可以理解、接受。並請包涵我單刀直入的「魯莽」！

請保重，希望大家平平安安！

晚 江青

余家不用電郵，依靠郵局和傳真。我沒有傳真機，受疫情的影響瑞典郵政幾乎癱瘓。想到香港《明報月刊》時常登載余先生大作，於是煩請編輯葉國威幫忙傳信。第二天就接到淑平電話：「我跑腿上郵局寄，英時動手寫，我們分工合作。」「那妳可以幫余先生磨墨呀！」

「哦——妳知道我從來是個不伺候人的人……」

我們在電話中聊了很久，也笑了很久。分工合作效果高——書名題簽很快完成，余先生怕誤事先傳真了題簽複印件，在旁手書：

爾雅 隱地先生 此件原稿已航寄，茲為傳真。二〇二〇 六 十一 余英時

正本準時空遞到爾雅，隱地寫信致謝，同時還贈書給余氏伉儷。前輩年事已高，為我的書如此費心盡力，能不心存感激？

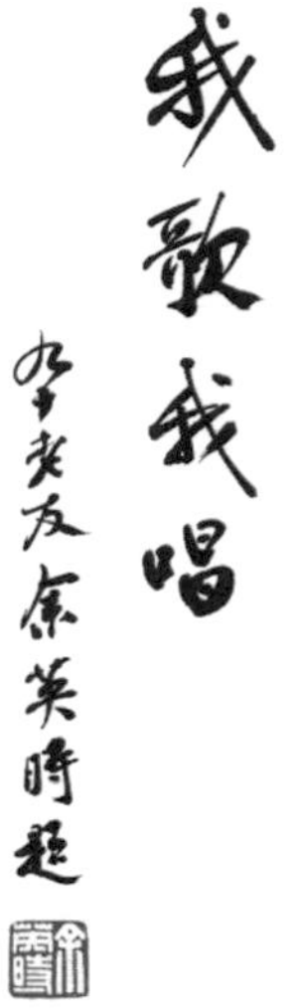

余英時題字

中國傳統文化中的「人情」，余先生向來看得很重，雖然他在世界知識文化界德高望重，仍然帶著使命感的關懷文化、社會、時局，年輕學子去余家有如上廟堂，希望得到余先生指點。給我的印象他幾乎是有求必應，無論是流亡在外的知識人，或是來美國開會的兩岸三地學者前去拜訪，他家大門總是敞開著。有次我向余先生建議：出本專集，收羅他為他人出版寫的序和題簽，我看過不少篇余先生為學人和作家寫的序，可以感到他是認真對待，仔細看過後才下筆，為伸張正義、為弘揚文化，更多的是為需要他拔刀相助，不得不「仗義」為之。Monica 常笑說：「我不是，但英時是個老好人，來者不拒……」如今，老好人永遠睡了，天下能不同悲戚？

為了重溫余先生的音容笑貌，領略他的風範，近幾天看了不少有關余先生訪談、悼念視頻，視頻像吸鐵石一樣牢牢地吸住我。其中讓我感動不已不能自已的部分是蘇曉康對余先生的追思：他說去「普林斯頓中國學社」一年多後，一九九三年出嚴重車禍，車禍中自己昏迷近一週，妻子傅莉面臨癱瘓重殘。他們能從精神崩潰和體能癱瘓中恢復，是靠了余氏伉儷物質和精神上前後八年的無私支持……。說到「一言難盡、恩重如山」時，蘇曉康泣不成聲。話鋒轉到追思余先生在人格上對他的影響，車禍過後沒有多久余先生邀請蘇曉康到家中教他一種方法：去跟歷史上的那些人物接通心靈，中國人沒有宗教，但其實有其他的一種東西——一種活的生命。你要去和歷史上這些優秀的人物接通心靈之後，你就在歷史長河上獲得了一種生命。這不只是知識，是一種精神性的東西，那是源源不斷的源頭活水，你會從那裡得到力量，然後你會變成為另外一個人。蘇曉康掩面流淚地追思：「心善又待人真誠的淑平還每周兩次坐火車再叫計程車，到復健醫院探望傅莉，陪著我們夫婦一起哭泣，一個精神癱瘓的人，陪護著一個體能癱瘓的人，沒有他們兩個人，我們根本走不過來……」多年前我看了蘇曉康《離魂歷劫自敘》，嚴肅的剖析和自省能力使他退出社會上的喧囂與虛華，重新成為另一個蘇曉康，無疑是余先生居功至偉。

今年二月中，住在紐約的母親身體欠恙，我匆忙趕回探望，告訴了余家後，他們非常關心我母親的狀況，也擔心我一個人在紐約，獨來獨往探視母親會碰到歧視、欺負亞裔的「瘋」子，所以隔三差五的打電話來查問。我則關心他們打疫苗的事，因為余先生是老菸槍，多年前動了大手術，身體狀況特別需要小心謹慎。我弟弟在藥廠專研新藥、兒子是急診醫生，具備醫藥常識，於是轉告：快去打針為上策。結果，他們夫婦一起打了疫苗，Monica 來電話：「我和英時都在診所打了針，頭一個告訴妳，免得妳整天打電話來囉哩囉嗦……」

「啊，太好了，等你們打完第二針後十四天，我來普林斯頓看你們。」

「天暖的時候我們可以在院子裡坐，我們家的花可漂亮了，室外安全些。」

遺憾的是這個願望沒有實現，因為醫生不准，認為余先生年高體弱不要冒險。

余家訂北美世界日報，我在週刊上時有文章發表，Monica 常告訴我讀後感，還要加一句鼓勵：「英時要妳多寫文章！」四月中旬母親陰曆大壽，虛歲整一百，中國人過九不過十，疫情當頭，只能夠用 Zoom 連結五湖四海的親朋好友們上線慶祝。前一天，在郵箱中收到余氏伉儷給我母親的生日賀卡要我轉交，卡上畢恭畢敬的稱江伯母，母親和他們年紀差距不那麼大，所以對我說：「怎麼敢當？」然後寫回卡致謝。談起來余先生不忘幽默：「我們是跟在友工後面叫妳母親伯母。」

現在想來余先生在生命逐漸衰退，Monica 在擔心受累的時刻，還依舊不忘關懷我的日常生活。此情此景會是我心中永遠溫暖的陽光！

五個月後母親身體基本康復，我惦念孫女，七月中旬又回到了瑞典。Monica 打電話說：「已經習慣跟妳在電話中胡言亂語，又習慣性的撥了妳的號碼，林青霞的贈書三冊收到，替我們謝謝她，但妳的『食中作樂』怎麼還是遲遲不見？妳幾時回紐約？」

「九月，回紐約後去看你們，一定會帶上我做的余先生愛吃的鹽水雞肫。秋高氣爽，疫情也會較前穩定了，多好，真的多好！」

……太突然的變故，太不真實的同時我又感到欣慰，余先生何等有大德、有大福，沒有久病纏身的痛苦、也沒有生離死別、天人永絕的痛楚，夢鄉中安祥的超渡去了無憂慮、無仇恨、無鬥爭、無硝煙、無暴政的淨土！

余先生國家圖書館獎牌

2016 年 11 月 17 日，普林斯頓大學為高友工降半旗；2021 年 8 月 9 日至 11 日，普大為余英時先生下半旗，也同在東長青樹樓。

余英時畫像

Monica 何等大智、通透，四天後余先生入土為安，事情安排的妥妥貼貼後，她才向世人透露了這個令人痛惜、難以接受，而反響又如此巨大的消息。

余先生英時是位不平凡的人、有著極不平凡的人生，卻選擇了最平凡、最簡樸、最淡泊、最不打攪他人的方式圓滿了一生。乾乾淨淨！

剛才收到消息：普林斯頓大學從今日起在未來的三天降半旗，在大學最古老的 East Pyne Hall（東長青樹樓）追悼前大學教授，美國國會圖書館 Kluge Prize（克魯格獎）得主，著名歷史學家余英時先生（一九三〇—二〇二〇）。看著這張降半旗照片，猛的憶起五年前的秋天淑平安慰我：「這三天普大在 East Pyne Hall 為友工下半旗，我每天都去校園走走看看想想，他真是有福之人，秋高氣爽陽光普照，旗迎風招展，飄動得就像友工，如此美好！」如今我在萬里之外，每天在林中想想看看走走，余先生真是福氣好，氣高秋爽陽光普照，大樹臨風佇立，寬大的樹蔭就像英時，如此大度！

（二〇二一年八月七日於瑞典）

# 念舊——緬懷李行導演

「四大導演」——李白（李行、白景瑞）、胡李（胡金銓、李翰祥）都在天上了。李導演親自主辦其餘三人的葬禮，心裡一直寂寞著。他們那種又相惜又良性競爭的關係，是美麗的歷史。我有幸認識他們，對我而言，他們連結著壯麗也滄桑的上一代，他們的作品也承襲著中國最值得流傳的文化傳統。

謹敬

以上是台灣著名電影學者、影評人、監製焦雄屏女士二十日清晨在微信上的發文。

讀後淚目，馬上緊跟：

沉痛哀悼李行導演！四位哥兒們天國相聚，相信還是聊電影！緬懷！

早年導演李行在攝影機後（李行工作室提供）

這是我極自然的第一反應，因為焦雄屏精闢的一席話馬上將鏡頭推到了從前當年的現場，想起四大導演之間惺惺相惜的交往，一直如哥兒們，互相親密的稱：子達（李行）、小白（白景瑞）、小胡（胡金銓）、翰祥或李黑。有幸在六十年代認識他們四位，也認識他們在那個年代幾乎所有拍過的影片，基本上都是先睹為快，在試片間看還未上映的影片。當年，台灣不大的影劇圈、屈指可數的影片產量，我處的環境，看試片並非難事。他們喜歡互相邀請觀摩，看完片子會討論內容、鏡頭、演技、攝影等等等等，也有時會在報章上為對方即將上演的影片「吹捧」，其實是互相扶持、相互搖旗吶喊助威，為影片宣傳增加票房。見到這些大導演在一起，不是談劇本就是談看景、物色演員、交換意見，還老是在擔心票房收入的問題。記得當年我年紀小，覺得電影導演真不可思議，都像著了魔似的，張口電影、閉口電影，一腦門子除了電影還是電影。

六十年代我從影七年，是李翰祥「香港國聯影業公司」基本演員，沒有機會演李行導演的戲。但那個階段他執導的新健康寫實主義的一系列片子都觀賞過：《街頭巷尾》、《蚵女》、《養鴨人家》、《婉君表妹》、《啞女情深》，與女主角王莫愁、唐寶雲還交上了朋友。此外對《秋決》、《還我河山》、《玉觀音》、《貞節牌坊》、《情人的眼淚》印象非常深，導演服膺中國傳統倫理道德，不斷以「寓教於樂」的方式，將自己的理念傳給觀眾。四大導演聯手合導的《喜怒哀樂》，是我從影最後一部，出演了「樂」，由李翰祥執導。

一九六三年冬天，李翰祥導演創立「香港國聯影業公司」在台北鐵路飯店設大本營，我的宿舍就在樓下，看人來人往車水馬龍，大家都熱烈歡迎大導演由香港移師台灣「開天闢地」，所以提供了最優厚的各種條件。「國聯」創業片是繼李翰祥《梁祝》後的又一部黃梅調《七仙女》，在各方支持下緊鑼密鼓開拍，李翰祥導演分身乏術期間還去了新世界電影院看李行導演的《街頭巷尾》。《街頭巷尾》是「自立公司」出品，刊出巨幅廣告：「黃梅調唱爛了！梁祝看多了！換口味及時了！比比便分曉！」是王小痴負責的宣傳。李翰祥導演並不介意，表示「同行不是冤家」，還及時在中央日報發表長文：《街頭巷尾》觀後，僅截取此段：

導演李行先生，我們僅有一面之緣，他給與我的印象是年輕，十足標準的書生，我欣賞他導演的《街頭巷尾》，我對他的印象愈加深刻了；他是我今天所見到的國內導演中最優秀的一位，他處理《街》片的手法，不難發現他吸收和消化了外國導演值得可取的法則，並且巧妙而靈活地運用在國產電影畫面上，沒有一絲勉強拼湊的破綻，這種手法，可以說是屬於他自己所創造的風格，猶如意片《單車失竊記》一樣令人有清新的感覺。恕我偏愛地說：我們國家正需要像李行先生這類的導演，以提高國語片攝製的水準。

讀後李行導演大為感動，當時國聯需要大刀闊斧的在台灣招兵買馬，對台灣影劇界熟悉的李行導演，此時再也沒有感到另外也是姓李的那位導演在跟他搶地盤、分杯中羹，鼎力相助有求必應，主動的介紹這、推薦那，真心實意的希望看到「國聯」在台灣創業成功。李行導演毫無私心的奉獻，因為他想是有助於台灣影業的振興和發展。記得很快地他們成為摯友，互相暱稱：子達、翰祥，二位導演都姓李，他們同時在場時我不能叫李導演，非要連名帶姓再加導演稱呼。

跟李行導演真的有接觸和來往反而是我離開電影界之後的事。一九八九年，在我離開影劇圈十九年之後，第一次又回到了闊別的台灣，主辦者「新象」許博允，安排在國家大劇院作獨舞演出。演出結束後，來後台祝賀的舊識很多，匆忙之下沒有時間與李行導演敘舊。

一九九三年，應邀在「台灣國家劇院」演出高行健的詩歌舞蹈劇《聲聲慢變奏——取李清照詞意》，李行、王文瑾伉儷與有「台灣文化舵手」之稱的高信疆夫婦一起來看演出，演出後他們留下來等我卸妝，大家相見如故歡談很久。那晚，李行導演讚賞我當年當機立斷、激流勇退電影圈的決定，實感意外，所以至今記得。

一九九五年秋天，李行導演負責的帝教出版社出版了《高行健戲劇六種》，希望這本書能夠為國內的戲劇界注入一股新的活力。行健送了我一套，因為其中有兩齣是他為我創作的劇本。內有李行導演寫的出版說明，錄下第一段：

《高行健戲劇六種》是由極忠文教基金會贊助出版，該基金會乃是以天帝教育任首席使者李玉階先生（道名極初）暨德配李過純華女士（道名智忠）九秩雙慶的祝壽金為基金而成立的，這兩位捐助人亦是我的父母，他們二老一生念茲在茲的就是希望兩岸能夠早日和平統一，因此該基金會所獎助的範圍之一即是發揚中華文化，以促進台海間的文化交流活動為主。

看了這段文字，開始瞭解到李行導演正直的為人，真君子處事的理念來自於家教，父親是以報國為志業的中國傳統知識分子，一生風骨傲人，講求的本是忠厚傳家、父慈子孝，這些自然而然地便會透過他的電影流露出來。

中國電影資料館在得到了李行導演千古的消息後，馬上在微博視頻發了《他心自有千千結》短篇，片頭寫著：

中國電影資料館〇〇一號榮譽館員李行先生於二〇二一年八月十九日光榮「退休」。二〇一九年五月二十八日下午李行導演最後一次來「中國電影資料館」，出席《電影導演李行》畫冊首發式，與觀眾見面。我們從當年保留的視頻中選取了兩個片斷，謹以此緬懷李行導演！

李行導演先後唱了兩次歌：

小城故事多
充滿喜和樂
若是你到小城來
收獲特別多

這是他電影中用過的歌曲，由鄧麗君演唱。然後導演發言自我介紹：我生在上海長在西安，俺是陝西人，然後用陝西話唱了一段陝西民謠：

我有一隻小毛驢我從來也不騎
有一天我心血來潮騎著去趕集
我手裡拿著小皮鞭我心裡真得意
不知怎麼嘩啦啦啦我摔了一身泥

雖然唱的荒腔走板但不失老來童真，想他那天他一定很開心罷。

當天晚上「李行影展」開幕式，導演的一段話打動了在場所有的觀眾，他說：「八年前，我將所有有版權的、自己導演的片子和所有我監製的片子，包括原片、原聲帶統統捐給了『中國電影資料館』典藏，我要落葉歸根！」講落葉歸根四個字時，一字一字講的斬釘截鐵，還配合了手勢點了四下，加強了語氣和分量。黑屏幕上出現一排白字：

落葉歸根音容宛在

1971《秋決》劇照，唐寶雲、歐威主演（李行工作室提供）

我嘆息：不愧李行導演當年是演員出身、演而優則導外還是編劇和監製。

李行導演對於台灣電影的熱情，終生致力兩岸電影文化的發展交流和使命感，是電影人的楷模。印象最深的當是一九九三年秋天金馬三十，李行導演擔任金馬執委會主席，那年他促成中國大陸影人正式組團參加金馬獎，讓金馬獎在華語電影更具指標地位。並且邀請香港電影人傾巢來台北參加典禮，但遇到阻擾和困難。由於李翰祥導演於一九八三年到中國大陸，由北京中央電影製片廠與李翰祥新成立的新崑崙公司合作，拍攝其清宮三部曲：《火燒圓明園》、《垂簾聽政》、《火龍》，對李翰祥來說不但可以用紫禁城實景拍攝，宮廷珍藏的寶物都能作為道具，可以說讓他過足了癮，也圓了追尋多年的故國夢。然而一九六四年他在台灣開拍了《西施》，拍攝的起因是「國聯」初創時，蔣經國先生在跟李翰祥導演談話時提及「臥薪嘗膽、勾踐復國」可以作為電影拍攝題材。這個提議得到「台灣電影製片廠」支持，與「國聯」合作拍攝《西施》，李翰祥執導。原則上，台灣當局不認可李翰祥離開台灣後往大陸大張旗鼓拍片子，所以拒絕了他來台灣的入境簽證。李行導演是情誼重如山之士，該出面的絕不會退縮，提到赴大陸拍戲就聲如洪鐘地辯解：「李翰祥是為電影理想而去，跟政治無關，大陸的古蹟實景能滿足他那種大氣魄拍古裝大片需要，絕對不是搭景所可替代。」經他千方百計的周旋，經過相當長的一段時間才解開了這個死結。

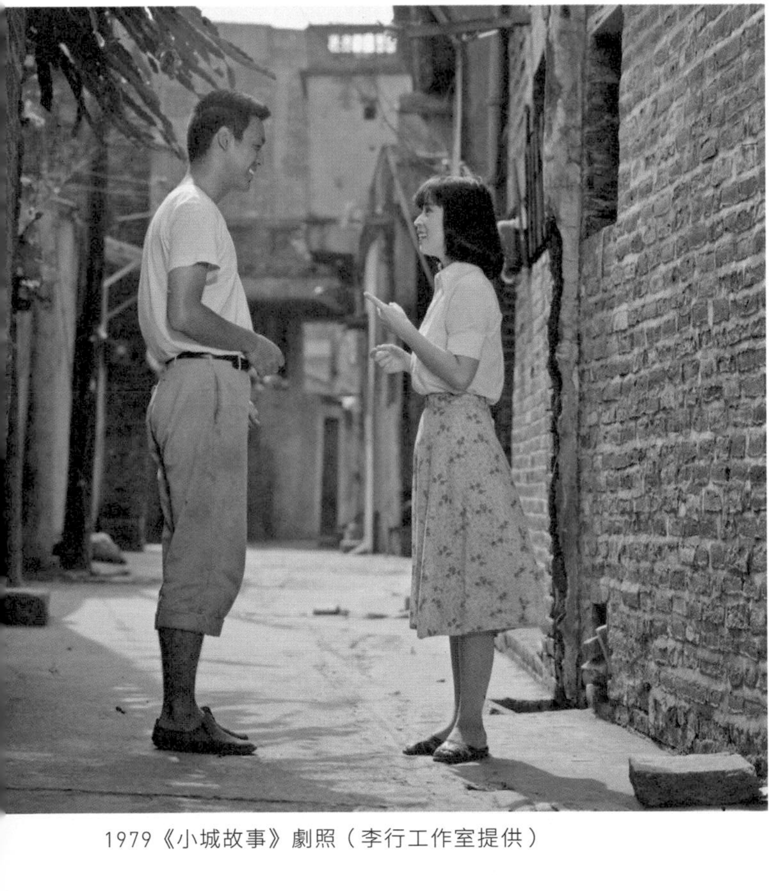

1979《小城故事》劇照（李行工作室提供）

因為李翰祥執導的《西施》一九六五年獲金馬獎五項大獎，金馬三十還特意安排在原首映《西施》的新世界影院放映，放映後主創和主演人員全部上台謝幕，主持人李行導演發言，表彰了老友翰祥當年對台灣電影界的卓越貢獻。我能在二十三年後，同時跟這麼多老同事老朋友聚首，心情自然激動，那天嗓子都沙啞了。

看著這張一九九三年合影，駕鶴西去的四大導都還年輕，意氣風發笑容可掬，照片中其他的大多數也都駕鶴西去，剩下還健在的已經寥寥無幾，屈指可數了。能不感傷和嘆息嗎？

近幾年為了參加由焦雄屏監製，陳耀成執導的紀錄片《大同——康有為在瑞典》（我在片中穿插，並任旁白）在台北電影節上映，以及出版新書參加書展，每次去台北李行導演伉儷必定邀約三五舊友與我相聚，也總是挑選江浙飯館，每次都說：「知道我們那一段歷史的人所剩無幾了，可以見面談談從前真開心。妳要常常來啊！」然後旁若無人的嬉笑怒罵、滔滔不絕。他是個念舊的人，我何嘗不是？所以任鏡頭倒轉，樂在其中。

二〇一三年春天我在台北，因大塊文化出版社出我新書《故人故事》，到台北參加國際書展，李行導演不但參加發佈會，還特意設了飯局。飯局上他一直在慨嘆：「今年『金馬五十』，『國聯』要是存在也恰好是五十個年頭了，但『國聯』的人都走了，翰祥、

1993 年 11 月金馬 30 合影。前排：（右起）袁紹華、朱牧、李翰祥、李昆、李行，蔡慧華、曹健、楊甦。後排：（左起）謝家孝、石雋、白景瑞、古軍、傅碧輝、馬驥、淩波、金漢、江青、王戎、莫愁、趙雷、葛香亭、張翠英、丁善璽、胡金銓、郎雄、方逸華、江明。

朱三爺（朱牧）、小宋（宋存壽）……唉，也還只有當年的五鳳俱在，也許你們該一同來參加盛典，讓知道的觀眾一同回味當年的盛景，翰祥當年對台灣電影的貢獻……」李行導演表示會負責聯繫五鳳之一的甄珍和仍然在台灣的「國聯」同事，我答應盡可能的去聯繫境外昔日與「國聯」相關的人。

於是我們分頭去找人，李行導演千方百計遍尋五鳳之一李登惠，竟然他透過報紙、電視的尋人廣告與登惠在東京聯繫上了；我飛到香港見了汪玲，到北京聯繫上燕萍（李翰祥導演大女兒），當面轉達了李行導演的也是我的願望。鈕方雨當她得知國聯五鳳應邀參加「金

《浪花》右起勾峰、張艾嘉、柯俊雄、李湘、秦漢、林鳳嬌（李行工作室提供）

馬五十」時，馬上要了我的電話聯繫，我趕快從紐約去華盛頓探望她。剛坐定就給李行導演打長途，導演動情的說：「如今五老鳳同赴金馬五十，是多麼不可思議的事啊！」

二〇一三年十一月四鳳在台北金馬五十聚首，汪玲最終落跑——缺席，「金馬五十風華展」中特意佈置了「國聯」展台，金馬執行主席聞天祥先生在那裡主持了「國聯五鳳聚首」記者招待會，李行導演打趣的說：「汪玲缺席，就當我是第五鳳罷！」面上帶著些許無奈的苦笑。我知

金馬五十與李行導演一起走紅毯。前排左起：江青、李行、紐方雨。

道他念舊，花了很多心思策劃把國聯五鳳聚齊在「金馬五十」上，「國聯」展台的佈置他也親力精心督導。

十一月二十四日，金馬五十結束的第二天台灣中央國立圖書館舉辦「舞蹈家江青女士藝術生涯五十年」資料捐贈儀式，李行導演不辭辛勞不但參加儀式，還作了即興發

2013 年 11 月國聯四鳳與焦雄屏、李行。左起：焦雄屏、甄珍、李行、江青、紐方雨、李登惠。

言，表揚我在表演藝術上五十年來的孜孜不倦。

最後一次見到李行導演是二〇一六年秋天，那年春天我完成了新書《說愛蓮》由台灣爾雅出版社和大陸人民出版社出版。戴先生愛蓮是我終生的恩師也是我人到中年的摯友，那年她逝世十週年，也是這位舞蹈家百年冥誕，我去了北京參加出版和慶祝活動。當時我很希望將戴先生的傳奇生平搬上螢幕，所以跟李行導演這位「台灣電影教主」探討可行性，結果他邀請我當作他私人嘉賓直接由北京飛台北參加金馬獎，告訴我可以一網打盡所有你想見到的華語片電影人，我則表示：人不在江湖，不想走紅毯也不想參加招待宴會。結果他派人在金馬獎頒獎典禮結束後，接我去參加當晚的告別宴。我坐在第一桌他身邊，李安、徐楓等老相識也都在場，年輕一輩我不認識的馮小剛、舒琪等絡繹不絕的都過來給李行導演請安，那晚我自覺：自己已經是「局外人」了，沒有久留退場。

李行導演伉儷是很傳統的中國老派，給我的厚愛無以回報，唯一我能做的就是每年的春節年初一，給他們打長途電話拜年，送上祝福。但今年不知道為什麼沒有給他們拜年，疫情打亂了生活常規？我不能原諒自己的疏忽大意，但悔已晚矣！

李行導演本人一直以「電影義工」自居，終生為電影奉獻。對台灣電影的貢獻與提攜後進，忘我的熱情有口皆碑；為兩岸電影的合作和交流奠下基石，做了很多稱得上改

溫文爾雅的李行
（中國電影資料館提供）

變電影史的工作，創辦了「兩岸電影展」，去世前仍然擔任「兩岸電影交流委員會」主任委員；十三年來他親力親為不忘電影使命，在他的協調下「兩岸三地導演會」每年定期舉辦，成為兩岸三地電影人一個聚會交流的重要平台。十二萬分遺憾的是這兩年因為兩岸關係急轉直下，導致金馬獎再度不是兩岸三地影人可以一同競爭並合作和交流的舞台。

作為曾經的局內人，天性使然的「念舊」，使我不得不疾呼：合作和交流！可以改變歷史，不僅僅是電影史。

李行導演他愛中華、愛文化、愛家國、愛父母、愛子女、愛朋友、愛電影、更愛妻子王文瑾。敬請王阿姨文瑾節哀順變！妳摯愛的另一半已經落葉歸根了！

（二〇二一年八月二十二日於瑞典）

李行導演神采奕奕

# 天下父母心！

我要寫的是韓儀（Eva）的父母，父親韓湘寧、母親于彥蓓。

下筆前我必須徵求兩位老友的首肯，寫了微信分發給已經分手了多年的夫妻，信這樣寫：

我想寫「可憐天下父母心！」寫你們培養Eva從一個在智力上有障礙的兒童，快樂成長為有獨特風格的畫家，你們付出的愛心、苦心、耐心，不屈與樂觀，這些年來一路走來的心路歷程，都值得寫下來。也許可以提醒這個世界，用更良善和積極的態度來對待這些需要關愛、尊重、瞭解的群體，文章納入今年秋天要出版的新書中，你們讓我看到了信念的力量，看到了生命如此美好。

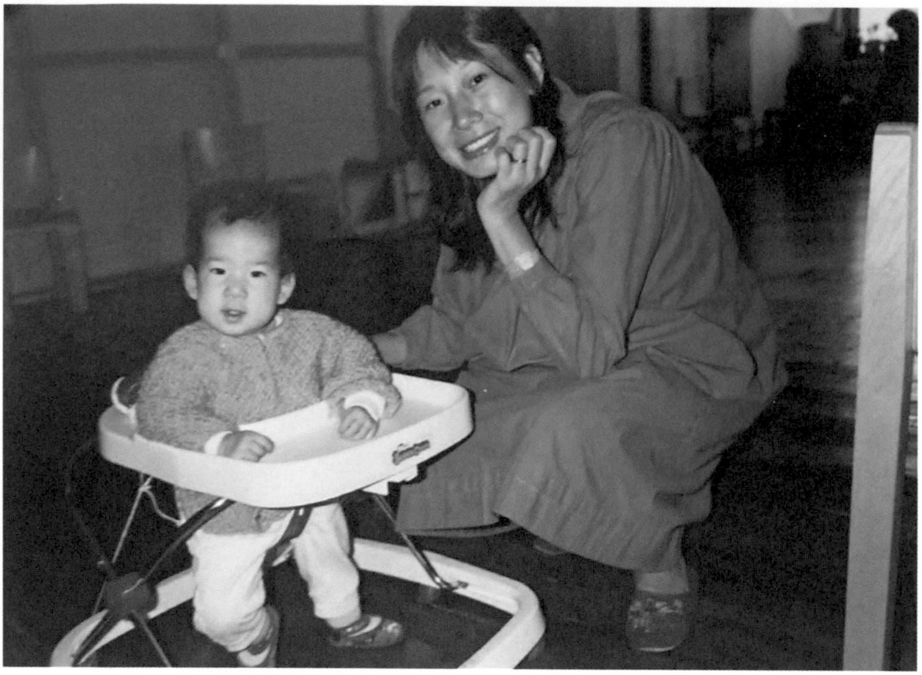

小韓儀跟媽媽

我認識畫家韓湘寧是七十年代初期，我住在加州卻時常因為演出往美國東部跑，由老友攝影家老柯——柯錫杰介紹認識了一大批住在紐約的藝術家，志趣相投的有好幾位，大伙兒口中的韓公子湘寧就是其一，他是台灣赫赫有名的現代「五月畫會」最早的成員。

七三年我搬來紐約，成立了「江青舞蹈團」，工作室安頓在SoHo，排練廳在前面，後面是不大的住處，但客、飯、臥、廚、廁一應俱全，幾年後我搬入離時報廣場不遠的公寓，把婚後的家搬了過去，原來的住處當休息和辦公用。

一九七八年在葡萄牙里斯本和比雷爾結婚時，老柯和韓公子是我們的證婚人。

一九七九年秋天，湘寧找我商量，想安排他正在追求的于彥蓓從台北來，住在我SoHo工作室後面，原因是他的工作室也在SoHo，這樣可以近水樓台，我當然一口應允，果不其然韓公子很快「先得月」——和彥蓓結婚。八〇年的春天，我去湘寧工作室也是兩口子的家參加了婚宴，哇——好熱鬧啊！尤其是跟我母親也熟識的韓伯母，呵呵笑得嘴都合不攏了。同年底喜得長女韓儀，次年得二女韓佳。

得悉兩位欣然同意，願意配合我的寫作後，我先用長途電話和湘寧長談，在台北那頭他首先說：「為什麼文章標題要用『可憐』？我一點都不覺得自己作為Eva的父親可憐，她有

1980年江青在韓湘寧婚宴上

騎在爸爸肩上的Eva

智力上的障礙但從她身上我學習和懂得了人生太多太多……」「我也認為這是你一生中做得最有意義、最精彩、最令我欽佩的事！」

「哦?!你我交往半世紀了，難道我只有這麼一個優點？」湘寧跟我在電話兩頭嘻嘻哈哈開玩笑。

「嗯——我認為Eva是你最優秀、成功的傑作！」

「其實我不能算是偉大的父親，但在我循循善誘下，Eva喜歡『塗』字、『玩』畫，她樂在其中，而且樂此不疲，正好這也是我的熱情和興趣所在，何其幸運爸爸可以投女兒所好，目前我的創作是父女二而為一的合作，我的部分新作品也非用Eva的素材不可。一個正常的孩子不可能天天陪伴父母，但Eva可以、她也有需要，她人單純使她無憂無慮、對藝術專注、有趣、開心，所以我現在的生活很完美、很幸福……」

聽湘寧滔滔不絕發自內心的表白，感動之餘倍替老友高興。

在紐約邀彥蓓來家「小菜吃吃、老酒咪咪」，為了可以促膝談心。她預先安排了胞妹于采繁照顧Eva。傍晚正題一開始彥蓓就說：「『可憐』這是外人眼光來看父母，其實經過了漫長的時間在我接受並面對了事實後，就再不自怨自艾，在女兒身上『用心良苦』。反而給了我非常多其他母親不可能有的經驗和樂趣，也是另外一種成就感罷！」那天我們談了一晚，她坦承在懷孕期間做過超音波測試，沒有發現異樣，但 Eva 三歲在幼兒班上課時，老師說 Eva 的智商發育比同年孩子慢，但小兒神經科醫生說三歲孩子太小沒法查，建議把 Eva 當正常小孩扶養，繼續觀察。當年在沒有網路的時代，彥蓓找到一些有關特殊教育私人團體，常常跟家長開會，互相交換意見吸取經驗。其後 Eva 去了專門收智力障礙小孩的幼稚園。彥蓓回想：「當時非常怨恨自己，為什麼命運要如此這般玩弄我?!」

六歲那年 Eva 要進小學了，先帶她做智力測驗，又找到紐約有名的小兒神經科專家，醫生 Peterson 說：「有智障的女孩，進入青春期會痙攣，要到十八歲左右才會停止，必須用藥物控制，這對父母是新的挑戰！」醫生忠告：「你們不要問為什麼，不要去找原因，沒有用，要往前看，如何給妳女兒最好的將來。」說到這裡彥蓓停了一下，她的眼睛泛淚光：「這句話使我恍然大悟、終生受用。只能向前看，永不言棄！」

彥蓓知道眼下最重要的課題是怎樣能讓 Eva 得到最好的特殊教育？那時她在紐約服裝經貿圈中任高職，工作壓力極大，但她每年都與紐約市教育局開會，商討 Eva 下一年去哪裡上學等問題，然而對教育局的建議彥蓓不能苟同。結果十年內 Eva 換了五個學校，彥蓓認為紐約教育系統一團糟，把紐約市教育局告上法庭，控告他們不把特殊教育當一回事，不能提供針對 Eva 的特殊教育，等於剝奪了她的權利，這就是犯法，結果告贏了，教育局需要承擔 Eva 上特殊私立學校的學費。

Eva 十六歲那年，彥蓓計劃帶女兒搬去新澤西州，因為那裡有所非常好的專門特殊教育的學校，學校的師資，設備，課程內容都十分理想。她也知道湘寧不願搬出 SoHo 工作室，夫婦之間不同的培育孩子的理念，也使他們的婚姻出現狀況，即使冒著婚姻遲早會結束的危險，為了 Eva 的教育，母女搬去了新澤西。彥蓓動情的告訴我：「我時常到學校觀察 Eva 與老師及同學的關係和互動。進入這個學校一星期後，Eva 用英文說：『媽咪，我喜歡 Mrs Hickey！』她從來沒有語言能力表示她的喜樂，從來沒有能力記得他人的名字，我高興的哭了！學校讓 Eva 如一朵花，終於開了。Eva 每天都笑嘻嘻的，她的幽默感也釋放出來了，吸收能力也強起來，語言能力也在不斷的進步中。我常常想，我一生做事沒有後悔過，唯一的後悔，就是沒有讓 Eva 早點去這所學校。古人說孟母三遷，真的！我從此再也不怨恨自己！」第一次與彥蓓深談，發現她想得透、看得穿，也領略到她口中所述，在 Eva 成長的過程中以身作則身教的重要，不要把智障當成一個負擔，不要害怕被人歧視或異樣的眼光，培養 Eva 的自尊心和自信心，讓 Eva 能在這個世界上快樂的生活，不被排斥、不自暴自棄、放棄生命……從彥蓓的言談中，我感到她是一位驕傲而有原則的慈母！

疫情之下Eva很多課程和活動都取消了，媽媽就陪Eva打毛線、釣魚、逛公園、還和女兒一起在陶瓷器上作畫打發時間。我打完了兩針疫苗，最近有機會和彥蓓、Eva相處，一起去新澤西雕塑公園、一起上館子吃飯、邀請母女到我家作客。Eva不像以前那樣情緒容易失控，她渴望被尊重，我想這是每個人與生俱來的訴求，人們忽視、誤解那些智障弱勢的人，沒有將他們當作獨立的人格來尊重。這些年來我親眼看到Eva在父母無微不至的關懷照顧下，努力活著、好好活著、向上活著，彥蓓每次介紹我都同樣地重複：「這是江阿姨，妳Daddy（爸爸）的好朋友！」一聽到Daddy，Eva臉上馬上笑開花，釋出善意溫暖的呵呵聲，馬上和我熱絡起來，還要幫忙我做家務，彥蓓笑Eva拍江阿姨「馬屁」，Eva大聲告訴我：「我想大理！妳知道嗎？」我當然知道。

千禧年前正式簽字離婚後的湘寧想換個生活和創作環境，先是看上了雲南，然後尋尋覓覓看中了大理多元化的人文和生活環境，於是設計了一座美侖美奐的新居，在才村小邑莊洱海邊，居住之外也可作為展覽和藝術活動的空間，名字取得別出心裁「而居當代美術館」，格局和風景都獨特的美不勝收。

幾年後，Eva開始去大理「而居」，每次由三個月、發展到六個月、最後甚至近一年，有時爸爸帶Eva去大理，媽媽接回紐約，有時韓佳充當「保鑣」接送姐姐，全家人都在盡力為Eva著想。記得一次湘寧在紐約和我談心：「我需要選擇一個對Eva安全的地方，這個村子小，居民善良純樸，Eva可以自由自在的在村裡玩，接近大自然，不會有危險。而且我也要創造Eva可以跟我女朋友楊露相處的機會，他們之間如果能和諧共處，也決定我將來婚姻的選擇……」

二〇一〇年我拜訪了新婚燕爾住在「而居當代美術館」的楊露、湘寧，一進門就被寬敞明亮的展覽廳震攝！湘寧得意的說：「這個建築就是我最近這幾年的作品，對我，藝術創作可以有更廣泛的解釋。」我欣喜也欣慰老朋友生活轉變後的新開始。湘寧得意忘形的告訴我：「Eva二〇〇七年第一次來『而居』一進門看到寬大的展廳和整面牆上由上到下掛著我的畫作，就失聲叫：『Oh My God！』（哦，我的天！）」

其實湘寧沒有刻意去塑造Eva成為畫家，從小好動的她，一坐下來涉及到塗繪、抄寫，就會專心致志、聚精會神起來，而且有雷打不動超人的耐力。她愛塗塗畫畫應當是從小耳濡目染開始，紐約尤其當年SoHo的藝術氛圍濃厚，畫家爸爸就帶著女兒到處走訪藝術

韓湘寧左擁楊露右摟韓儀

美輪美奐的「而居」

家工作室，看畫廊和參觀博物館，湘寧當年是紐約著名的 OK Harris Works of Art 畫廊經紀的畫家，畫廊就在他家樓下，Eva 一直以父親為畫家為傲為榮。二十一歲結束了特殊學校的教育課程之後，有機會經常去「而居」生活，正如楊露形容：

「Eva 一直過著快樂的日子，她有自己的一個單純的世界，她的世界沒有時間概念，沒有地域概念，沒有數字概念，更沒有好人壞人的區別，她相信所有人都愛她，是好人。」

Eva 一直保持著童真，毫無心機，不識人間憂愁，快快樂樂的生活著，然而父母當年日以繼夜的操勞、焦

2013 年 Eva 在 SoHo 和她的畫

Eva 在「Oh my god!」當時的展廳中

慮和付出，年年如此、月月如是、日日如年，沒有切身體會的外人很難想像。

藝術評論家管郁達二〇一二年夏天在「當然當代不是書畫」八大山人與范寬相遇於「而居當代美術館」的展覽中，譽韓儀的作品：「不需返璞就可歸真的個人面目」；「而居」主人之一的楊露這樣寫：

水、墨這兩種至反的物質，在 Eva 的枯筆之下演繹成種種墨色，韓湘寧總是驕傲的說：Eva 的畫雖然來源於八大卻完全不同於八大，完全是一種沒有章法的章法，想怎樣就怎樣的自由。Eva 展示的是一個父親和一個女兒的成績，是一個師者和受者的成績。

湘寧從來沒有教女兒繪畫技巧，她鮮明的風格都是在日積月累的拷貝和臨摹中逐漸形成，從拷貝和臨摹英文字母開始，然後中文字，工作室中找出八大山人全集後，Eva 就一步步仿八大字、八大畫、署款印章，後來又加入了臨摹敦煌壁畫，湘寧跟我笑談：「張大千不也是從臨摹敦煌壁畫入手的嗎？」後來湘寧發現 Eva 落筆大膽且作風擅長大線條，就找來畢加索、馬蒂斯的畫讓她自由模仿。

回顧一下，二〇〇四年首次父女聯展於台北天棚藝術中心，那是畫家薄茵萍跟她的學生們組成的協會；二〇一二年「而居」展出後，陸陸續續受到了不少展覽邀請，還有人主動的收藏了 Eva 的畫。Eva 沒有數字觀念但知道錢的重要，看到自己的畫作變成了現金，興奮的非要帶著自己掙來的現金睡覺不可。

最使父母親驕傲的是 Eva 被邀請在巴黎參加了「Beyond the boundaries season 2013」（超越界限季二〇一三），展覽在「Galerie Christian berst Paris」舉行，這個聯展全世界有十幾個不同國家的畫家參加，Eva 展出了兩幅畫，其中一幅還被收藏。那次全家傾巢出動到巴黎參加盛會，之後還在歐洲觀光旅行，讓 Eva 大開眼界。

二〇一六年楊露第一次來紐約，「美華藝術中心」負責人周龍章，熱心地在 SoHo 四五六畫廊策劃了展覽「Works from EJ Contemporary fine art museum」（作品來自而居當代美術館），是 Eva、楊露、韓湘寧三人聯展。楊露說她是陪 Eva 作畫時心血來潮畫了些作品；而湘寧更是信手拈來了 Eva 的素材納在自己的畫作中，以壯畫展聲勢；Eva 才是想當然的主角。我去了開幕酒會，之後為慶祝不一般的畫展和歡迎楊露的首次來訪，下廚好好做了頓晚飯款待大家。

紐約疫情嚴重期間，由二〇二〇年十二月到二〇二一年三月，彥蓓帶著 Eva 到台北，讓女兒跟父親團聚。大理的「而居」因為建在洱海邊，不合環境保護的規章，幾年前已經拆除，湘寧遷回老窩——台北，設立「韓湘寧工作室」，相對的來說那段時間台灣疫情控制的較好。由台灣回到美國後，彥蓓給湘寧寫了封信：

這次返台三個月，看到你生活安定，對藝術的熱情不減當年，對女兒細心呵護，是個好爸爸。你有很多才華智慧，可以成為一個好丈夫，但我們無緣做一輩子的夫妻。這都是命啊！你有了楊露可以白頭偕老，這就是你們兩個的福氣。

那天我們談話時大概兩人都喝高了，彥蓓給我看她最近寫給湘寧的信，還說湘寧收到信很感動……看後我也被深深觸動，近半世紀以來他們這對患難

母女在 Glacier National Park
2021 年 7 月 5 日

父女在洱海

夫妻、歡喜冤家的恩恩怨怨、喜怒哀樂，作為老朋友的我都盡收耳根、眼底。真心的祝福兩位老朋友，慶幸的是到頭來還是 Eva 解開了這個死結，「前塵舊帳，一信勾銷」，可喜可賀！徵得寫「情書」當事人彥蓓許可，特意發表在此誌慶！

昨天掐指一算彥蓓和 Eva 母女加上開車「志願者」彥蓓妹妹于采繁，已經上路四天了，此行是要橫跨美國，終點站——西雅圖，因為二女兒韓佳 Eva 口中的 Jackie，婚後在那裡定居。彥蓓為此行籌辦計劃了很久，一切為 Eva 的喜好和需要打算：路線要訂可以釣魚、可以露營、可以參觀美術館……疫情期間一切都需要預約，更是複雜繁瑣。彥蓓說：「Eva 疫情時期每天跟大人一起實在悶壞了，現在一路遊山玩水，終點站可以看到妹妹，兩人可以作伴上酒吧、跳舞，幹些年輕人做的事，兩姐妹會快活得很！」

「你們現在在哪裡？」昨晚我打電話問。

「在芝加哥旅館裡，明天就要往黃石公園方向開了。」彥蓓答。

聽到 Eva 在一旁問：「誰啊？」

「江阿姨！」

突然 Eva 搶過了媽媽手中的電話，嚷嚷：「江阿姨，我好開心喔！」

（二〇二一年六月十九日於紐約）

# 念念——名字

艾未未在他發表的言論中都清楚的表示：我的立場和生活方式是我最重要的藝術；參與社會不是一種藝術上的選擇，而是人類的需要；我的積極行動是我的一部分，如果我的藝術與我有任何關係，那麼我的積極行動就是我的藝術的一部分。

今年艾未未創作了「念念」紀念（Commemoration）汶川大地震十三週年，用「精英俱樂部」網站作平台（Clubhouse），這是他的群體藝術實踐項目。「念念」由二〇二一年四月四日中國清明節（今年適巧也是復活節）零時開始，至五月十二日汶川大地震當日二十四點正結束。在全程三十九天中，由志願者持續念在汶川大地震中喪生的學生名字，連續接力地念——念想、懷念、念念不忘十三年前被壓在了倒塌的校舍下的每個年輕的生命。「念念」規劃內容上寫著：名字是生命的最初也是最後屬於個体的基本特徵。尊重生命，拒絕遺忘！

具體操作法：將五千一百九十七位遇難學生名字按照漢語拼音的順序排列，名字連續向上滾動，約每四秒轉動一個名字，念者（朗讀者）就在名字停留的四秒裡，將名字清晰地念出來。名單共分為二十六個單元，每個單元有二百個名字（第二十六單元一百九十七個名字）。「念念」選擇在「精英俱樂部」作網站，組織全球各地的華人志願者來參與。華人分布在世界上各個角落，不同時區承擔不同時段的念，技術上設置了四十一位管理員在三個時區——歐洲時區、北京時區、美東時區，接力念名字的聲音鏈和運行時單元與單元之間從不間斷，這樣剛好能涵蓋一天二十四小時之內的每分每秒，因此使這個項目在技術上成為可行。總計「念念」共有三百多位志願者參與，依靠每個人次的十三分二十秒，形成了四千餘人次，九百三十六小時的音頻。

需要介紹一下背景：二〇〇八年五月十二日（星期一）十四時二十八分四秒，四川省阿壩藏族羌族自治州汶川縣發生八級大地震。在汶川大地震中有大量的校舍倒塌，學生正在上課死亡慘重。為了追尋真相，艾未未組織了「公民調查」團隊，希望調查一下大家普遍認為的建築質量，也就是通常說的「豆腐渣工程」問題。在據理力爭、排除萬

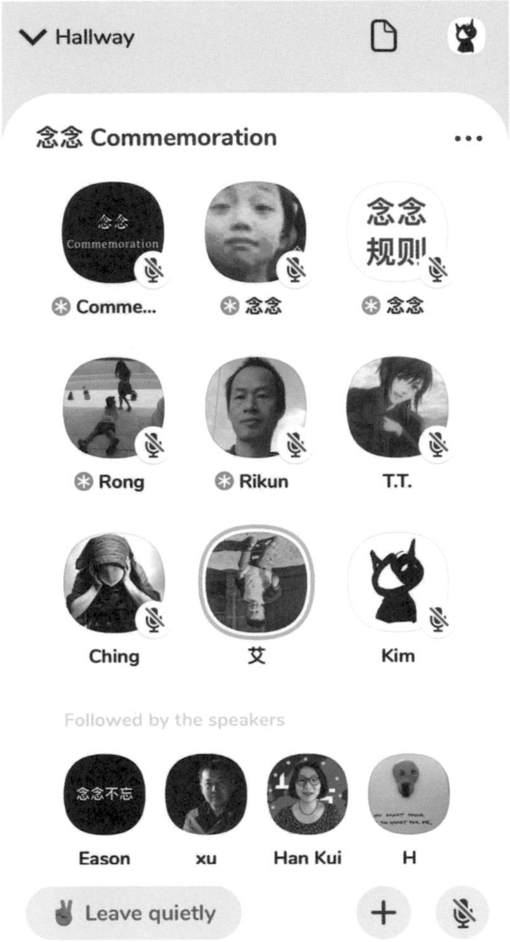


「Clubhouse」「念念」房間截屏圖像。

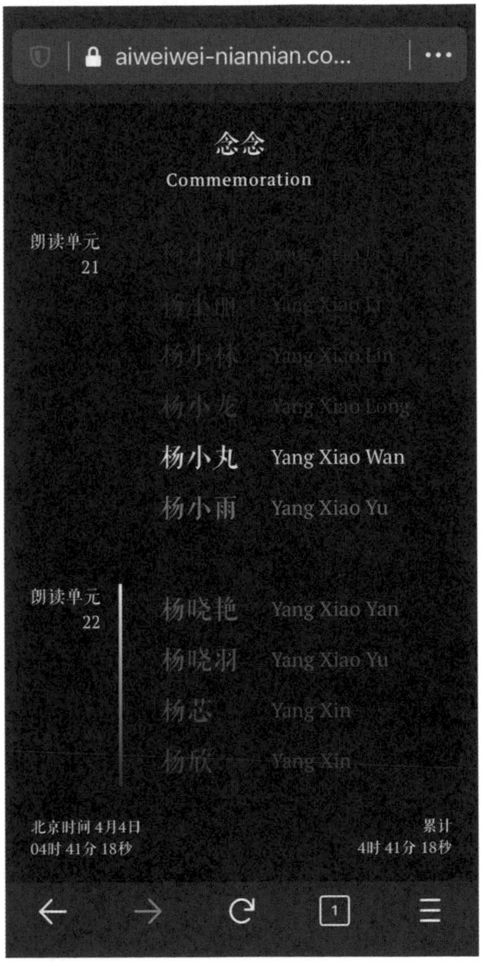


「念念」的滾動名字截屏，志願者跟着名字朗讀。

※ 除註明外，本章照片由艾未未工作室提供

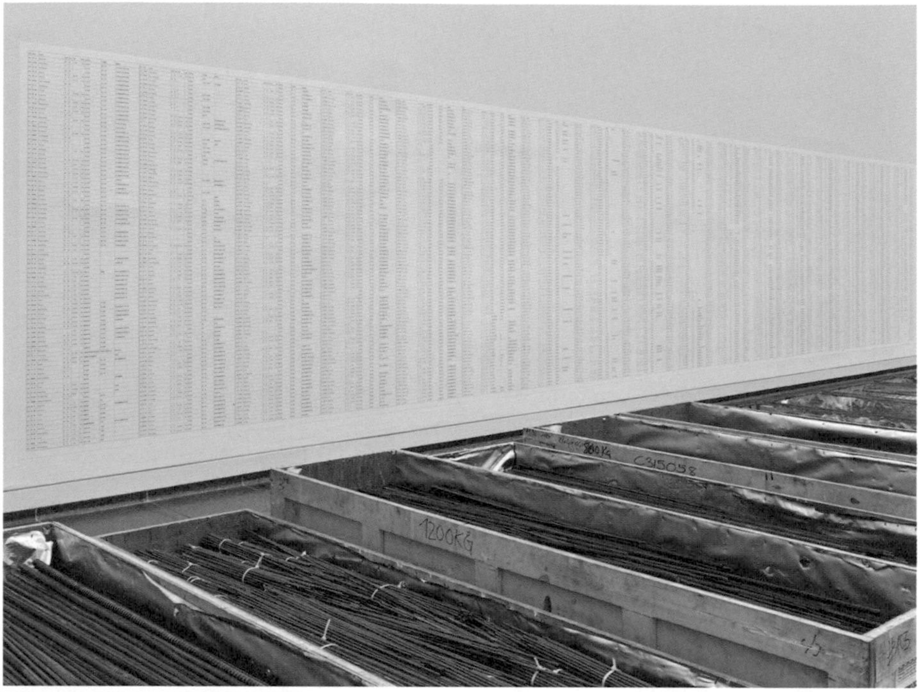


死亡名單與倒塌建築的鋼筋

未未在汶川學生名單前

難下「公民調查」團隊共取得了五千一百九十七位學生的名字、生日、班級和家庭住址。之後，做了很多相關的報導，艾未未還每天把死亡名單放在自己的博客上，並在博客上疾呼：

兒童的命運是民族的命運、兒童的心是這個民族的心、你沒有另一顆心了。讓那些有相關責任的人在餘生中羞愧自責吧。無論官位、身分和榮譽、在一生中就一次、引咎問責吧。像一個有良知的人那樣承擔責任。

這裡塌倒的不僅僅是一些從來就不堅固的校舍、坍塌的是一個民族的良心和榮譽。在這一天、美好的那部分已經死去。你不覺得今天、又少去了許多的笑聲嗎？

十三年來，艾未未堅持不懈地為汶川地震中遇難的孩子們做了各種活動，在他的藝術作品中、在網路上、在當年的公民調查、在法院的證詞裡，一直在提醒大家，水落石出的重要性，這件事還沒有結束。

艾未未工作室二〇〇九年製作的紀錄片《老媽蹄花》（Disturbing the Peace）是艾未未聲援譚作人的作品，譚作人因為調查汶川地震傷亡學生與豆腐渣工程問題被起訴。同年製作的《花臉巴兒》（Little Girl's cheeks）記錄了汶川大地震一周年以來災區遇難學生家長的境況，並探討校舍倒塌的豆腐渣工程問題，片中我們看到了他們的校長、學校、父母、

紀錄片《念》，用楊小凡頭像作海報

祖父母、家、照片、監護人信息，只是看不到已經離去的本人。

二〇一二年艾未未在紀錄片《深表遺憾》（So Sorry）中，由於艾未未和志願者調查四川地震死於豆腐渣工程的死亡學生名單，使他們受到人身威脅和滋擾，艾未未在成都遭到警方暴力，之後，艾未未到德國慕尼克為「藝術之家」博物館備展時，陷入昏迷，被送醫院診斷為「外力導致的腦出血」，緊急手術搶救，才發現造成的腦震蕩差點把他的命都搭進去了。

艾未未一直試圖尋找新的方式和建立一種新的可能性，並尋找新的工具來表達自己的良知，吸引更多人參與和喚醒社會的關注。例舉：

二〇一〇年五月十二日，汶川大地震二周年艾未未工作室在網路上發佈大型聲音作品《念》，由數千名網友念遇難學生名字的音頻剪輯而成，以悼學生亡靈，五二〇五名學生的姓名被念讀一萬二千一百四十次。

二〇一三年三月，艾未未在推特上發起「5.12 花兒」活動，以悼念學生遇難五周年，

2009 年，《記住》（Remembering）在慕尼黑藝術之家，用揹包覆蓋了九米高、百米長的整個外牆，上寫着一目瞭然的宣言「她在這個世界上開心地生活過七年」

網友們可將自己的鮮花圖案發到指定郵箱或網站，製作花兒獻給亡魂。

二〇一七年，紀念「512 汶川地震」九周年，艾未未發表作品《喊》（Shouting Out），是對這些具体的一個個小生命名字的呼喊，令我不忍猝聽。據說其中艾未未喊了該列表中的二千多個名字，直到他變得沙啞並且不得不停止。聲嘶力竭的喊叫聲，似乎在招魂！

作品《記住》那是在汶川大地震剛發生後，艾未未及時去探訪廢墟，看到孩子的書包散落一地，沒人在意，而書包和孩子的關係如此密切，眼前的景象給他非常強烈的印象，他和志願者收集了孩子們遺留下來的背包，第二年在慕尼黑藝術之家，他用背包覆蓋了九米高、百米長的整個外牆，上寫著一目瞭然的宣言「她在這個世界上開心地生活過七年」。

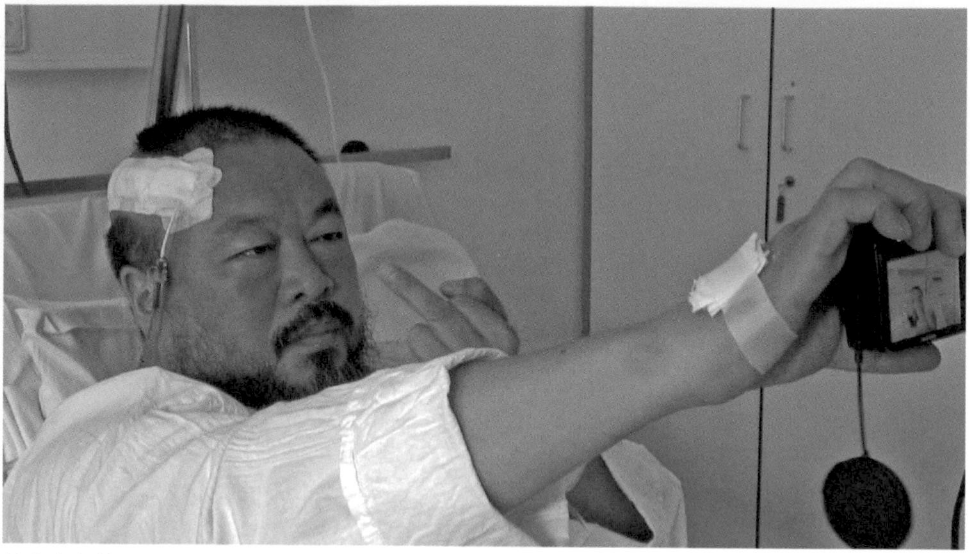

艾未未在德國病床上

同時艾未未在網路上如是寫：

試一次吧，為了一個你永遠不會見到的小女孩、為了「在這個世界上開心地生活過七年」的楊小丸、和與她的母親一樣不幸的千千萬萬個父母。「豆腐渣」工程、每時每刻地質問下去、直到我們的問題成為事實的一部分、直到每一座「豆腐渣」暴露和坍塌。在極端偏執的政治統治下，做一個沒完沒了問責的「偏執公民」這是今天健康快樂地活著的唯一可能。

二〇一一年四月上旬，艾未未工作室的人通知了我「念念」項目，性質是：大型的，公共參與的行為藝術。我熟悉十三年來他對汶川事件念念不忘、戀戀不捨的情結，以及他一系列創作行為藝術的觀念，馬上承諾加入到志願者的行列並告訴未未：我覺得這個事情非常重要，必須通過自己的行動來做自己心中感到有意義而且應該做的事。我是個對現代科技技術掌握「不及格」之人，先要一板一眼的學習程序，才能進入到「精英俱樂部——念念」房間中，然後按照擬好的「參與者操作指南」一步步進行工作。

打開電腦看著黑底白字的屏幕，有節奏但無聲無息滾動著的死亡者名單；又打開手機，聽到聲音在同步念一個個的名字，當時自己的反應是不寒而慄幾乎要失語。第一次進入房間後，我不敢馬上舉手進入平台排隊念名字，而是先旁聽其他人把一個名字、又一個名字、再一個名字念出來，聽到後來，發音是否正確？語氣如何？都變得不重要了，給我的感覺好像人們在誦經、在超度亡靈，心裡的震撼是始料未及的。我擔心自己無法承受這個壓力，結果，就像我上舞台前一樣，在輪到我念之前，深呼吸一下，然後上場念。第一次念一個單元兩百個名字，我念到一半就感到喉嚨和胸腔不適，不知道是緊還是脹，又不敢咳嗽，真生怕自己堅持不到念完一單元。之後我設法調整：把自己放到房間的一角書桌前正襟危坐，白天放下窗簾、晚上關上燈，在幽暗的角落中面對電腦上發光的屏幕，口對著雙手捧著的手機虔誠地念、念、念……念著一個個孩子的名字。逐漸地可以控制住自己的情緒了，但自始至終我每次只能念一個單元，因為念到後來總是感到唇乾舌苦、沉重得喘不過氣，於是歇一歇等待下一次機會再念。在等待時，好幾次我聽到了其他人念時的哽咽、啜泣、怒吼……除了艾未未工作室的人，我與其他志願者素不相識，見不到影像只有聲音，但似乎可以想像和猜測他們念時的表情和複雜心境。我一直在想：對我們來說每年只有一個五月十二日，但對地震災區死了孩子的父母來說每一天每一刻，分分秒秒都是五月十二日！

聽著一個個名字，會勾起我一長串的聯想：

假如這個孩子還活著，今年該幾歲了？

假如這個孩子還活著，現在學校畢業了？

假如這個孩子還活著，目前在從事什麼工作？

假如這個孩子還活著，可以是談戀愛的年齡了？

假如這個孩子還活著，……？

想到自己是個做了母親的人，三十六年前，跟孩子的父親一起絞盡腦汁，給尚在肚中，已經知道性別的兒子，起瑞典文與中文發音同樣的名字，反反覆覆的推敲後，取名：瑞典文——Henning、中文——漢寧，在我給兒子取中文名字漢寧時，想到的就是：漢族的百姓是多麼的需要安寧啊！

看著、念著一個又一個名字，不免想到當年孩子們的父母對新的小生命誕生的期盼，不僅是那些看起來寄於希望、討個吉利、嚮往幸福的名字，念時看到有罕見的姓排列在一起時，就不免會猜測是不是同村或同族人？中間的名字同樣時，也會猜想到他們會不會是兄弟姊妹一家？多麼悲慘、不忍……「念念」的這段日子睡不穩，感到疲乏時躺一下，然後又打開屏幕和手機繼續念下去。

憶起幾件和汶川有關但不易忘的事，多年前看到報導：「地震十周年前夕，因位於震中而被全世界熟知的小城汶川縣宣布，將五月十二日設立為「感恩日」什麼?!看到「感恩日」這三個字的當時，我瞠目結舌、豈有此理、可惡可恨、愚昧無恥，感到既荒唐又諷刺的同時又感到無可奈何的悲哀與絕望！

又有報導：「地震十年後，遊客參觀北川中學舊址。北川縣震後集體搬遷，舊城被原貌保存，作為地震遺址供人參觀。曾經垮塌的建築已經重新立起，曾經崩潰的生活也已逐漸恢復正常。「看到報導時我想：災難中死難的孩子再不可能立起；被地震震得家破人亡，悲痛欲絕的父母，此生再也無法恢復正常。

二〇一四年秋天，我和媽媽一起在中國旅行，先去張家界後去九寨溝遊覽。旅遊巴士從九寨溝回成都途中，不料巴士在汶川停靠，導遊要遊客下車參觀地震遺址，這完全不在我們的行程規劃中，有些意外。

下車後首先看到的是一塊斜躺在地上的中英文布告：

汶川特別旅遊區

高中部男女生公寓樓 5 層

遠處斜著倒塌的五層樓，再走過去沒有窗戶碎裂的白牆、扭曲的鐵欄杆、請勿翻越、注意安全的牌子……。

我無法聽導遊滔滔不絕的演講：是黨中央、國務院的殷切關懷，是社會主義制度集中力量辦大事的優越性，是全國兄弟省份和社會各界的無私援助、傾心支持，是四川廣大幹部群眾不屈不饒的「精氣神」……。

我獨自在廢墟中徘徊，腦海中看到的是被細弱鋼筋和水泥掩埋的學生，欲哭無淚只能無語問蒼天。

旅行時媽媽喜歡拍照，也幸好她用 iPad 拍下「汶川特別旅遊區」的布告和頹垣斷壁，時間清楚的標著：二〇一四年九月二十三日。

「念念」項目於五月十二日結束，適巧那天我早就預約了去醫院體檢，也猜想最後一天舉手想念的志願者一定踴躍，所以提前跟未未「請假」。在醫院裡我一直惦念著「念念」，紐約中午十二點是北京午夜十二點，近十一點三刻時我向醫生「請假」說有要緊事需要處理一下。躲在醫院的一角，進入了「念念」房間，聽到浦志強律師在念名字，接著是艾未未念下個單

震裂的教學樓

倒塌的校舍

汶川特別旅遊區一塊斜躺在地上的中英文布告：「高中部男女生公寓樓五層」（江巫惠淑攝）

元，聽著念名字的聲音一個名字、一個名字的滾出來，看著時間一分一秒過去。午夜正點「念念」房間關閉，全黑，就像舞台上的燈光「切光」（Black out）嘎然而滅，非常戲劇性，死一般的沉寂，剎那間我失落了，心中黑了一塊、空空蕩蕩。

醫院回家後，看到未未發的訊息：「念念」滾動名單的網站，會持續地滾動，是永久性的，任何人想進去開個房間自己念都可以。有人單獨開個房間一個人一口氣念完二十六個單元完整名單（五小時四十八分鐘）。它是一顆種子吧，種子可能成活，也可能死亡，這個東西全靠人心和人行為的可能性。

當天傍晚，獨自走去了離家不遠的「九一一紀念廣場」，在世貿雙子星大樓舊址（Ground Zero）兩座向地面下凹陷的黑色方形瀑布紀念碑，圍繞方形瀑布四周的平面銅碑則刻印了二千九百八十三位罹難者的名字供世人憑弔。看到某人的名字上插著一朵鮮花，引起我莫名的感動，走過去輕輕念了這個人的名字。在瀑布紀念碑旁徘徊時一直在想，何年何月汶川大地震中遇難孩子們的姓名可以刻印在碑上任世人憑弔？將碑樹立在北川中學舊址上，那麼，我一定會專程前去，給每個曾經鮮活的孩子的名字獻上一朵鮮花——安息吧！

（二〇二一年五月二十七日於紐約）

# 後記——

我十歲開始學習手舞足蹈——舞蹈，從未學過舞文弄字，沒有想到這已經是出版的第八本書了。

我寫的第一本書，一九九一年由時報文化出版的《江青的往時往事往思》，剛好是整三十年。「序」的其中一段：

除了舞蹈創作筆記之外，我向無記日記和存留資料、相片的習慣。不料下筆時才發現：筆尖能記事的現象就像身體能記住舞蹈動作一樣。自己曾熟習的舞蹈片段，多年之後光想不動時，以為一個動作也記不起了，不料隨著音樂試著舞動時，大部分的段落居然能自然而然地重現，雖然零星失散的成分也存有，但大輪廓還是不失的。正如筆下也會忘記一些事，有些事也許本來就該忘記，但至少筆下仍會記起那些該記得的人和值得記得的事。

現在再看這段文字更覺如此，這些年記下故人、寫下故事，任時間倒流，筆下那些前塵舊事會流倒出來。

第一本書的寫作緣起於一九八九年的「六四」，之後，整整兩個月我吃不下睡不著，於是寫下了第一章「天安門」。大概搞抽象的舞蹈創作太久了，寫時發現在平實地記下自己過去的生活經驗過程中，似乎聽到了腳踏實地的聲響。於是一路寫下去，兩年後出版了自傳。

第二本書《藝壇拾片》二〇〇九年由香港牛津出版社出版，與第一本書相隔了整十八年，此書的緣起於二〇〇八年十月，比雷爾（Birger Blomback）去世，我們相識相守整整卅三年，堅實的大地塌陷，一旦腳下懸空頓時吊在半空，晃晃悠悠的失去了方向。寒冷的漫漫長夜中，我的好友史美德（Mette Siggstedt）提醒我：找一件具體而又值得去做的事來做，一旦你專下心來，就可以把腦子塞滿，時間填滿。搞舞台新創作自知無心無力，左思右想決定：將舊作整理出版，既可以「打發」時間，又可以「分神」。

自此，我開始嚐到了寫作時孤獨面對帶來的靜、淨、境，幾乎平均每兩年出一本書。

自審一生，一路千山萬水，生命不斷遠行，不斷轉身，面對內心世界、面對現實、面對過往、面對當下、面對未知的未來，一切的一切在寫作中隨心奔馳、盡情抒發，是一種無與倫比的享受與滿足。舞文我是「票友」，故而心情比較放鬆，雖然也跟舞蹈專業一樣需要付出極大的耐心、熱誠、勇氣，而在孜孜不倦辛苦耕耘後收穫的喜悅竟是如此相同。寫作使我比較清楚地認識到自己成長的軌跡和心路歷程，不僅是在藝術創作上，更重要的是在價值觀和對人生的態度上。

二〇二〇年出版《我歌我唱》、《食中作樂》以及現在這本《念念》，所有的文章，大都是在過去一年多的疫情期間寫的，是我文字創作中，最多產、密集的一段時光。緣起於兒子漢寧是急診室醫生，瑞典疫情肆虐中，他和家人的安危讓我膽戰心驚，獨自面對困境如熱鍋上的螞蟻。不久，意識到每天專心一致埋頭舞文可以自療、自救，寫作是疫情期間給我築的最佳「避風港」，穩坐港內遙望忽明忽暗的光亮，如燈塔點燃心燈和希望！

此前爾雅出版社出版了我的《說愛蓮》、《回望》、《我歌我唱》，與隱地先生、碧君女士三次合作都十分愉快。出版界近年來慘淡經營，這本《念念》這麼快接近完成，不能「不識相」再向爾雅提出版事宜。跟青霞談到我的隱憂時，助人為樂的青霞馬上自告奮勇的說幫我問最近與她合作的「時報文化出版」趙政岷先生，不出十小時就收到了趙先生感謝大作的信，三十年轉一圈又回到了出第一本書的「老東家」，我自是欣慰不在話下，趕緊報告紅娘——青霞。

「念念」是艾未未在今年汶川大地震十三周年創作的一個群體藝術實踐項目，由志願者在全程三十九天中持續念死難者名字作為紀念，我擔當了志願者，寫文章「念念」記述過程，哀悼遇難者也向參與者致敬！用「念念」作為書名，想同時表達對近來駕鶴仙去的朋友：張毅、李名覺、傅聰、余英時、李行心心念念——心不捨、念之情！悼余先生英時那篇起「余思余念」作題，為感念余先生二〇二〇年給《我歌我唱》封面題簽而唱和。新冠病毒（COVID-19）讓世界上每一個人經歷並見證了前所未有的驚心動魄的經驗，至目前為止，全世界已經有超過五百萬人為此喪生，而且數字仍然在攀升著。目前有了疫苗看到了一線曙光，然而變異株病毒千變萬化還在肆虐、蔓延……疫情給人類帶來的磨難刻骨銘心，百年難遇的情景今生念念難忘，用書名「念念」，僅向逝者致哀！

承王德威先生慨允，在百忙中擠出時間給我寫序，對我是一種鼓舞，謹致誠摯的謝意！

感謝諸位至親好友，在我轉了跑道——由手舞足蹈到舞文弄墨，給我的勉勵和伸出的援手。特別鳴謝忘年交亞男拍攝的精彩照片，也謝謝時報文化出版在出版業不景氣的情況下給予的信任和支持，可以讓我寫作的夢想繼續下去！

念念 / 江青作 . -- 初版 . -- 臺北市 : 時報文化出版企業股份有限公司 , 2021.10
面；　　公分 . -- (People ; 472)
ISBN 978-957-13-9443-5( 平裝 )
1.
874.6　　110015119

ISBN 978-957-13-9443-5
Printed in Taiwan

PEOPLE 472
念念

**作者**　江青｜**照片提供**　江青｜**主編**　謝翠鈺｜**資深企劃經理**　何靜婷｜**封面設計**　陳文德｜**美術編輯**　SHRTING WU｜**董事長**　趙政岷｜**出版者**　時報文化出版企業股份有限公司　108019 台北市和平西路三段 240 號 7 樓　**發行專線**—(02)2306-6842　**讀者服務專線**—0800-231-705．(02)2304-7103　**讀者服務傳真**—(02)2304-6858　**郵撥**—19344724 時報文化出版公司　**信箱**—10899 台北華江橋郵局第九九信箱　**時報悅讀網**—http://www.readingtimes.com.tw｜**法律顧問**　理律法律事務所　陳長文律師、李念祖律師｜**印刷**　勁達印刷有限公司｜**初版一刷**　2021 年 10 月 15 日｜**定價**　新台幣 420 元｜缺頁或破損的書，請寄回更換

時報文化出版公司成立於 1975 年，並於 1999 年股票上櫃公開發行，
於 2008 年脫離中時集團非屬旺中，以「尊重智慧與創意的文化事業」為信念。